秘書の条件

キャシー・ウィリアムズ
本城　静　訳

ハーレクイン
SP文庫

SECRETARY ON DEMAND

by Cathy Williams

Published by Harlequin Japan,
a Division of K.K. HarperCollins Japan, 2024

キャシー・ウィリアムズ

トリニダード・トバゴの出身で、トリニダード島とトバゴ島、2つの島で育つ。奨学金を得てイギリスに渡り、1975年にエクスター大学に入学して語学と文学を学んだ。大学で夫のリチャードと出会い、結婚後はイングランドに暮らす。現在は中部のウォリックシャー在住。夫との間に3人の娘がいる。

◆主要登場人物

シャノン・マッキー……ウエートレス。
ローズ……………………シャノンの母親。
サンディ…………………シャノンの同僚。
エリック・ガルウェイ……シャノンの元恋人。既婚者。
ケイン・リンドレー………出版社社長。
エレノア…………………ケインの娘。
キャリー・ポーター………エレノアのナニー。

1

「だれが来てると思う、シャノン？」

シャノンは手をとめ、厨房《ちゅうぼう》に混乱を巻き起こそうとしている友人を見あげた。彼女は食器がたくさんのった大きなまるいトレイを、不安定なバランスで肩のあたりに持っている。

「ねえ、だれだと思う？」サンディは手招きしてほほえんだ。デスクに積まれた書類の上にトレイを置いて身を乗り出し、秘密を共有しましょうと言いたげに瞳をきらめかせてシャノンを誘惑している。サンディは週に二度、アマチュアの劇団で芝居に取り組んでいて、そこで学んだ身のこなしは必ず実生活に役立つはずだと本気で信じているのだ。もっとも、彼女が映画のスクリーンに登場することは決してないだろうが。

「こんなに忙しいのにクイズなんかしているのをアルフレッドに見つかったら大変よ」ちょうどそのとき、厨房の向こう側からアルフレッドがなにかどなったが、二人はにこやかに無視した。「女王様でも来たの？」シャノンは適当に答えた。「有名なハリウッドスターが流行のノッティングヒルの庶民的な料理を味わいに来たとか？　それとも、宝くじ協会の人が何百万ポンドの小切手をあなたに持ってきたのかしら？」

「彼が来てるのよ！」サンディは体を起こし、満足げに気取った笑みを浮かべた。

「こんな昼間にいったいどうしたのかしら？」シャノンはふいに胸の高鳴りを覚えた。

「気をつけて。もう顔が赤くなってるわよ」

「それで、彼はだれと一緒なの？」

「一人よ。今のところは……」そしてサンディはとっておきの情報を教えてくれた。「でも、メニューは二つ持ってきてくれって言ってたわ！」

「私たちって哀れよね、サンディ」シャノンは立ちあがり、ふくらはぎ丈の黒いスカートのしわを伸ばした。「見ず知らずの人を眺めて時間をむだにしているんだもの」だが、それは厳密には事実ではなかった。ある意味で二人は彼のことを知っているからだ。ここ数カ月間、彼は毎朝七時前にやってきて、この店に優雅な雰囲気を与えてくれている。ロンドンで生活を始めて以来ずっと、毎朝のその出来事はシャノンの心をはずませてくれた。シャノンとサンディは彼のことをあれこれ想像し、夢中になっていたのだ。

彼は無視して通り過ぎるのがむずかしいほどすてきな男性だった。短い髪は真っ黒で、目鼻立ちは全体的に控えめな印象だが、そばにいる者の襟を正させるような雰囲気を漂わせている。

「あら、どこに行くの？」サンディが皮肉っぽく尋ねた。「急いでタイプしなくちゃならない仕事があるんじゃなかった？」

「ちょっと彼のようすをみてくるわ。ランチタイムでも、朝と同じくらいすてきかどうかね」シャノンはデスクの隅にたたんでおいたクリーム色とブルーのエプロンをつかんだ。

彼女はもともとアルフレッドの秘書として雇われ、帳簿の管理や電話の応対、それにレストランの経営を円滑にするためのこまごました仕事を引き受けるはずだったのだが、三日目にして状況が変わった。あるウエートレスが突然店に来なくなり、接客を手伝うように言われたのだ。それ以来、シャノンは優秀な秘書としての能力に加え、ウエートレスとしての才能も新たに発揮し、必要に応じてエプロンをつけるようになっていた。とくに、事務仕事をあとまわしにしやすい午前中には。

急いでエプロンをつけていると、アルフレッドがやってきた。彼は身長百六十五センチ、イタリアの栄華を体現したようにでっぷりしている。

「今、ちょうど接客を引き継いでいたところです、アルフレッド……」隣で小さくなっているサンディを、シャノンは意味ありげに見つめた。「サンディが足を怪我《けが》してしまったみたいで」

「そんな言い訳が私に通用すると思っているのかい、お嬢さんたち！　注文を取らなくてはならないときにおしゃべりしている人間に払う金はないんだ！　私の頭のうしろには目がないと思っているんだろうが、なにもかもお見通しだぞ！」

足を怪我したというのはすばらしいアイデアだった。芝居に情熱を燃やすサンディは即座に怪我をした演技に没頭し、片方の靴を脱いだ。そして、痛くてたまらないというようすで足首をさすりはじめた。

その隙《すき》をついてシャノンは厨房を通り抜け、カウンターに積まれた注文票にちらりと目をやってからレストランのフロアに出た。

そうよ、自分を哀れんでいる場合じゃないわ。アイルランドでの不幸な出来事から逃げ出してきた二十五歳の女性が、やっとふつうの女性らしく謎《なぞ》めいた客にあれこれ想像をふくらませる毎日を送れるようになったのだから。あんなにつらい思いをしたんだもの、それくらい許されるはずでしょう？　確かにくだらないゲームではあるけれど、それこそが落ちこんだ私の心に必要なものよ。

シャノンはきびきびと彼のテーブルに近づいていき、わざとらしく驚いたふりをして言った。

「まあ、お昼どきにお見かけするなんて珍しいですね！　よろしければご注文を承りましょうか、それともどなたかとお待ち合わせかしら？」

「おや、昼どきに君を見かけるのは珍しいな。そうだね、先に飲み物だけ注文しておこう。だが、食事は連れを待ってからにするよ」

深みのある低い声を聞き、シャノンは神経が引きつるような気がした。彼は椅子の背に深くもたれ、楽しげにシャノンを見つめている。

「では、サンセールをボトルでもらおう。グラスには氷を入れてもらえるかな？　僕はよく冷えたワインが好きなんでね」

「かしこまりました。ご注文はこれだけでよろしいでしょうか？」

「誘導尋問だな」彼がそうつぶやいたのを聞き、シャノンは頬を染めた。からかわれているのだろうか？　いや、きっとそうではない。彼はものすごくハンサムだが、あまりおもしろみのなさそうなタイプだ。非の打ちどころのない完璧《かんぺき》なスーツを着て、毎朝『ファイナンシャル・タイムズ』を読んでいるのだから。

シャノンは咳《せき》払いをして、彼の黒い瞳をじっと見つめた。「待ち合わせの間に、前菜でもお持ちしましょうか？　今日はシェフが蟹《かに》と海老《えび》のパイ包みを用意しているんです」

「それは心をそそられるな」

「お相手の女性がいらしてからお持ちしてもかまいませんが」

「お相手の女性？」彼はもの憂げに言った。「どこからそんな言葉が出てきたんだい？」

シャノンは困惑して彼を見つめた。彼のランチの相手は女性だと、彼女は勝手に決めつけていた。結婚指輪はしていないけれど、妻かもしれないとさえ思っていた。あるいは……。シャノンはさぐるように彼を見ながら考えをめぐらせた。

「君はすぐに赤くなるんだね。今までそう言われたことはないかい？　顔が赤くなると、まるで女学生みたいだな。とくに髪を三つ編みにしているときは。僕が一緒にランチをとるのはどんな相手だと思うんだい？　きっと女性だと思っているんだね？」

「失礼しました。私はてっきり……奥様か……もしくは女性のお友達かと……」

「僕には妻はいない。女性の友達もね」彼は真剣な顔でシャノンを見つめたまま、ゆっくりと言った。「そんなふうに思われるとは、実に愉快だ」そして、シャノンに向かって穏やかに笑い、眉をつりあげた。「そう、僕は理想の女性が現れるのを待っている哀れな年老いた男であり、女性とまったく縁のない男なのさ」

シャノンは狼狽《ろうばい》した。彼の穏やかな口調は彼女がなにか答えるのを待っているように感じられたが、なんと言えばいいのかまったく見当がつかない。彼は私をからかっているのではないかと、再びシャノンは思った。

「そんなふうには見えませんわ」シャノンはそっけなく答えて注文票をエプロンのポケットに押しこみ、意味もなくテーブルの上のフォークやスプーンを動かした。

「どうしてだい？」

「もうご注文がおすみでしたら、さっそくワインをお持ちします」

「質問に答えずに、僕を置き去りにするつもりかい？」

「今とても忙しいんです」身長百六十二センチの体をめいっぱい伸ばし、シャノンは楽しげな表情を浮かべている彼を見おろした。「すぐにお飲み物をお持ちしますわ」

「蟹と海老のパイ包みもね」

「え？　ああ、そうでしたね。かしこまりました」

それは、彼が数カ月前に店に来るようになってから交わした中で最も奇妙な会話だった。厨房に戻ったとき、シャノンは体が震えているのに気づいた。もう二度とこんなことはしないわ！　いたずらに好奇心を満たそうとしたばかりに、彼に気取った言葉でからかわれ、腹立たしい言葉遊びにつき合わされてしまった。さっさと給料に見合った仕事に戻ろう。

「もう足はよくなったでしょう」シャノンはサンディに言った。「四番テーブルにサンセールのボトルを持っていってちょうだい。たっぷりの氷もね」

「それじゃあ、あなたの好奇心はもう満たされたってこと？」

「あの男ときたら」シャノンは高慢な口調で言った。「私たちが思っていたような礼儀正しい紳士なんかじゃなかったわ」

サンディの瞳がふいに警戒するようにきらめいた。「まあ……もっと詳しく教えて。彼がなにか失礼なことでも言ったの？」

「違うわ」シャノンは腰を下ろしてせっせと書類をかき集め、コンピューターを立ちあげた。仕切りもない厨房の隅に置かれたデスクで、どうして書類仕事などできるだろうか？　あまりの騒々しさにめまいがしそうだ。

「わかったわ。彼に誘惑されたのね？」

シャノンはぞっとしたようにサンディを見た。「そんなはずないでしょう！」

「だったら彼がなにをしたっていうの？」

「彼は……その……別になんでもないのよ」シャノンはぎこちなく言った。「あなたが彼のテーブルの面倒をみてちょうだい。さあ、彼がここまで文句を言いに来ないうちに、早くワインを持っていって。蟹と海老のパイ包みもね」

彼のことなどもう気にするまいと、シャノンは思った。たとえ彼の昼食の相手がだれであろうと。

十分後、シャノンはアルフレッドにフロアに出るように言われたが、そっけなく断った。彼の懇願するような口調も無視し、事務仕事がたまっているからとかたくなに拒否した。

「私に盾つくつもりかね、お嬢さん？」アルフレッドは顎を震わせ、わざとらしく腕を組んだ。彼にはさまざまな威嚇のジェスチャーがあるが、どれもそれほど効果がない。彼のおおげさな態度はいつも見せかけにすぎないからだ。アルフレッドは毎晩閉店間際にやってくる落ちぶれた人間たちに残飯を与え、ときにはその残飯について感想を求めるというおめでたい男だ。そんな彼にだれが本気で盾つく気になるだろうか？

結局、シャノンは不満げにため息をついて再びエプロンをつけた。まったく幸運なことに、四番テーブルに料理を持っていけと言う。シャノンは心を決めた。そうよ、明るい笑顔を振りまき、どんなこともクールにこなすロンドンっ子のようになる訓練だと思えばいいわ。いまだに名前さえわからないあの男性に、ちょっとした言葉遊びで私を興奮させてやったなんて思われたらたまらないもの。

シャノンは料理の皿を持ってテーブルに近づき、わざと視線を合わせずに彼の前に静かに鰈《かれい》を置いた。さらに、自分がどれだけ気転をきかせて事態に対処できるか確かめるため、彼にワインについて尋ねてみた。

「氷は十分だったでしょうか、お客様？」

「これだけあれば十分すぎるよ」彼はつぶやいた。「それから、あの蟹のパイ包みは絶品だった。シェフによろしく伝えてくれ」

「確かにお伝えしますわ」シャノンはそう言いながら、自分の感情を抑えることができたのを誇らしく思った。

しかし、彼と同じテーブルについている相手の方に向き直ったとたん、訓練を積んだはずのシャノンの笑顔が凍りついた。顔から血の気が引いていくのがわかる。

「あなた！」料理の皿をつかみ、シャノンは小声で言った。「こんなところでなにをしているの！」椅子に深く腰かけ、そつのない笑みを浮かべているエリック・ガルウェイを見て激しい感情がこみあげ、シャノンの自制心はもろくも崩れ去った。エリックはシャノンの記憶どおり、ブロンドの髪で青い瞳をしていた。まるで外見的なイメージを磨くことだけに人生を費やしてきたかのような、作り物じみたハンサムな顔立ちも記憶のとおりだった。エリックはそのルックスでシャノンを魅了し、言葉巧みに言い寄ってベッドに誘いこもうとしたのだ。もしシャノンが彼の妻子の存在に気づかず、彼が現実をうまく隠して永遠の幸せを約束していることを見破らなかったら、彼のもくろみは成功していただろう。だが、やがてエリックは邪悪な本性を現し、卑劣で冷酷なつまらない男であることを自ら明らかにした。

「失礼ですが、どこかでお会いしましたかな、お嬢さん?」

過去までさかのぼっても、それはエリックが口にした中で最悪の一言だった。シャノンはひどく後悔した。彼が自分に気づいたかどうか確かめるなんて、まったく愚かだった。だが、エリックがだれだかわからないふりをして平然と自分に接しているのを見て、引いていた血の気が一気によみがえった。凍りついていた両手も怒りのあまり震えはじめた。

「あなたは覚えていないかもしれないわね。残念だけど」シャノンはそう言いながら、母親の言葉を思い出していた。シャノンの短気がいつの日か災いを呼ぶことを心配し、母親はいつも十まで数えなさいと言っていたのだ。なんとか二まで数えたところで我慢できなくなり、シャノンはアルフレッド特製のソースがかかった特大ステーキと付け合わせの野菜がのった皿を手に取り、エリックの高級仕立てのジャケットとズボンの上で引っくり返した。

高価な薄手のウール生地に熱い料理をかけられ、大声で苦しげに叫ぶエリック・ガルウェイの声を聞くのはたまらなくいい気分だった。エリックは半狂乱になって立ちあがり、服についた料理をナプキンでぬぐった。ほかの客たちは食事の手をとめ、なにが起きたのか見ようと体を動かしている。

「なにをするんだ？」エリックがどなった。「なぜ僕に料理をかけたりする？　君がだれかは知らないが、絶対にくびにしてやるぞ！　支配人を呼んでこい！　今すぐにだ！」

シャノンは笑いだしたいのをこらえ、そっと手で口をおおった。支配人を呼びに行くまでもなく、アルフレッドはほかの客たちに食事を続けるよう促しながら、急いでこちらに向かってくる。

「いったいなにがあったんだ？」必死になって服をふいているエリックを無視し、アルフレッドはシャノンをにらみつけた。彼女は頭を垂れたままひそかに祈っていた。できることなら、私が必死に笑いをこらえているのではなく、羞恥心《しゅうち》からこうしていると思ってもらえますように。

エリックがうなるように言った。「なにがあったのかって？　この……このウエートレスが僕の上に料理の皿を引っくり返したんだ。いいか、今すぐこの女をくびにしない限り、君を訴えて財産をすべて奪ってやる！」

「うっかりお皿を落としてしまったんです」グリーンの瞳を大きく見開き、シャノンは言った。エリックが私を知らないふりを決めこむなら、私のほうもこれは単なる不運なアクシデントだったというふりをしてやろう。「申し訳ありませんでした」シャノンはナプキンをつかみ、乱暴に振った。「人参《にんじん》がポケットの中に入りこんでいますわ、お客様。それに、さやえんどうが左の靴の中に……」

エリックは怒りのあまりその有益な忠告に答える余裕もなく、憎しみのこもったまなざしでシャノンをじっと見ていた。アルフレッドはおおげさな言葉を並べて詫《わ》びはじめ、最後にクリーニング代を支払うと請け合った。

「まあ、すてきなエナメルの靴までだいなしになってしまいましたね」シャノンはさも困ったふうを装って靴を眺めた。

「やはり、スーツと靴をすべて私に弁償させてください」アルフレッドが言うと、全員の視線がエリックの汚れたズボンと靴に集まった。やがて少し離れたテーブルから大きな笑い声があがった。

「服のことなどどうでもいいから、今すぐこの女をくびにするんだ。さもないと、おまえは明日のパンすら買えなくなるぞ。言っておくが、僕には有力者の知人が何人もいるんだ!」

「いいかげんにバスルームで身なりを整えてきたらどうだい?」聞き覚えのある声がもの憂げに言った。「今の君は人前でわざわざ恥をさらしているようなものだ」

エリックはまだ文句を言っていたが、しぶしぶテーブルの向かい側に座った相手にうなずき、レストラン中の人々が見守る中をバスルームに向かった。だれかがアンコールと叫んでいる。シャノンはいつも店に来ている品のない常連客たちに感謝の念を覚えた。

「バスルームに行って少し落ち着いてくれるといいんですが」アルフレッドが心配そうに言った。「確かにこれはひどいアクシデントです。でも、なにも私の店をつぶすなんて脅さなくても……私には養わなくてはならない家族だっているのに！　とにかくちょっとようすをみてきます。とりあえず私の話を聞いてくれるといいんですが……」アルフレッドはポケットからハンカチを取り出して額の汗をふき、急いでバスルームに向かった。

「座ってくれ」

シャノンは店の中でただ一人、この事態にもまったく動じていない男性の方をゆっくり振り返った。そして、あいている椅子に倒れこむように腰を下ろし、頬杖《ほおづえ》をついた。

「少しはすっきりしたかい？」

シャノンは黙って彼を見つめた。「いいえ、それほどは。でも、尋ねてくれてありがとう」

「いったいどういうことなんだい？」

「せっかくのランチをだいなしにしてしまって本当にごめんなさい」シャノンは皿の上ですっかり冷たくなった鰈をじっと見つめた。この騒動にはおかしな要素などなに一つないと、彼女はふいに気づいた。アルフレッドは自分になんの関係もない問題で窮地に立たされたのだ。すべて私のせいで。

「ランチのことは気にしなくていい」彼はそっけなく言った。

「かわいそうなアルフレッド」シャノンはつぶやいた。「あなたのお友達に料理を引っくり返したりするべきじゃなかったわ」

「彼は友達なんかじゃない。君はこんなことをしたらどういう騒ぎになるかわかっていたんだろう?」

「あなたにまでばつの悪い思いをさせてしまったのね? 本当にごめんなさい」

「謝るのはやめてくれ。僕はばつの悪い思いなんてしていないよ。僕に恥をかかせるなら、あんなことくらいじゃ無理さ。それより、これから君がどうするつもりか聞かせてくれないか」

「もちろん、この店をやめるわ」そう言って立ちあがったシャノンを、彼は考えこむように見つめていた。「ほかにどうしようもないでしょう? アルフレッドはもう二度と私に料理を運ばせてくれないでしょうけれど、私も文句は言えないわ。お客に料理を引っかける才能のあるウエートレスなんて、だれも必要としないもの」さらにシャノンは、エリック・ガルウェイがどんな男か知っていた。彼はなにがなんでも侮辱された仕返しをしようとするだろう。

「やめてしまうのかい、赤毛のお嬢さん《レッド》？　それじゃあ、これからはだれが朝食のコーヒーとベーグルを僕に運んでくれるんだい？」

彼は私に同情しているのだ。そう思うとひどくみじめな気持ちになったが、シャノンは彼が自分のことを〝レッド〟と呼んだのに気づいていた。穏やかで親しげな彼の口調は、仕事を失って生きていかなくてはならない未来と同じくらい、シャノンの心を落ち着かない気持ちにした。

「荷物をまとめなくちゃ」シャノンはむっつりと言った。「同情してくれてありがとう」

握手しようと手を差し出したが、彼はかわりにさりげなく指をからめ、やさしくシャノンの手を握った。そのままグラスに手を伸ばしてワインを口に含む。彼の親指が自分の親指をやさしくさするのを感じ、シャノンは背中がぞくりとした。

しばらくしてやっと、彼が手を離した。

「まさか料理を取り替えてほしいわけじゃないでしょう？」シャノンがおどけて冗談を言うと、彼が楽しげに眉を上げた。

「食欲はすっかり失《う》せてしまったよ」彼はかすかにほほえんだ。

「そう」シャノンはため息をついた。「鰈はとてもおいしいのに。嘘《うそ》じゃないわ。あの哀れなステーキなんかよりずっとおいしいの」

シャノンは厨房に戻ったが、その間の距離はとても長く感じられた。しかし、アルフレッドに辞職の意思を伝えて同僚たちに別れを告げ、荷物をまとめおわるころには、いつもの楽天的な彼女に戻っていた。

またほかの仕事をさがせばいいわ。仕事ならなんだってかまわないのだから。アルフレッドの店でも最初はいやなこともあったし、たびたび時間外の仕事もさせられたけど、結局は楽しんで働くことができたでしょう？　だからきっと、別の仕事についても楽しくやっていけるわ。

そのときふと、指をからめ合った男性のことを思い出し、シャノンの中に後悔の念がどっとこみあげた。つまらない面目にこだわったせいで、私はすべてを失った。どんな理由があったにせよ、その事実を思うと憂鬱《ゆううつ》な気分になる。シャノンは自分の行動の浅はかさについてあれこれ考えをめぐらしていたので、彼が目の前に立ちはだかるまでその存在にすら気づかなかった。ただならぬ気配を感じ、衝突する前にかろうじて足をとめたが、目を上げるまではそれが彼だとわからなかった。さっきまで頭の中で思い浮かべていた人物がいきなり目の前に現れ、シャノンは小さく息をのんだ。

「どうだった？」

「ここでなにをしているの？」シャノンはそう言いつつ、手を伸ばして目の前にいる彼が本物かどうか確かめてみたくなった。

「実を言うと、君を待ってたんだ」

「私を？　どうしてあなたが私を待っているの？」まだ四時半にもならないのにすでに日は暮れはじめ、秋の空気はひどく冷たかった。

「君が大丈夫かどうか心配だったからさ」

「もちろん大丈夫よ」シャノンは両手をポケットに突っこみ、彼の靴をじっと見つめた。彼がこんなに大柄だとは今まで気づかなかった。背が高いだけでなく、肩幅が広くてがっしりした体格だ。「大丈夫に決まってるでしょう？」彼女は目を上げ、一瞬だけ彼と視線を合わせた。

「だが、店では相当動揺しているように見えたよ、レッド」

〝レッド〟という呼び方はやめてほしいと、彼に言うべきだろうか。シャノンは少し迷ったが、なぜかその呼び方も悪くはない気がした。

「そうかしら？」シャノンは軽い口調で言った。「実際、自分ではなかなかうまく対処したと思うけど。だって、職を失ったからといって別にこの世が終わるわけじゃないでしょう？」請求書に家賃、食費……この世の終わりではなくとも、限りなくそれに近い状況ではあるが。

「ここで話をしていたら凍えてしまいそうだ。僕の車に乗らないか。君に話したいことがあるんだ」

「車に乗らないかですって？　悪いけど、それはできないわ」

わ」

「あなたのことをよく知らないもの。誤解しないでね、あなたが斧《おの》を振りまわす頭のおかしい男かもしれないと言ってるわけじゃないの。でも、その可能性がないわけじゃないわ」

「斧を振りまわす頭のおかしい男?」彼は当惑したように尋ねた。

「あるいは、逃走中の犯罪者かもしれない。とにかく、知らない人の車に乗っちゃいけないって母に言われてるの」

「僕は知らない人なんかじゃないだろう! 何カ月もの間、君は毎朝、僕に朝食を運んでくれたじゃないか! それに僕は逃走中の犯罪者でもない。もしそうなら、人通りの多いノッティングヒルの真ん中にあるイタリアンレストランになんか通うはずがない。君の想像力はとてつもなくたくましいようだね、レッド。短気なその性格と同じくらいに」

「〝レッド〟なんて呼ばないでちょうだい」やっぱりそんなニックネームはごめんだわと、シャノンは思った。あまりにも失礼な呼び方だもの。

「とにかく、ちょっと一緒に来てもらえないかな? すぐそこの角を曲がるまででいいから。君と話がしたいんだ」

「なんの話かしら?」

「やれやれ」彼はうめき声をもらした。「君にとってかなり価値のある話だと思うがね」

そして踵《きびす》を返して歩きだした。すると思ったとおり、シャノンはコートをしっかりかき合わせて小走りであとをついてきた。

「私はあなたの名前さえ知らないのよ！」シャノンは息を切らして言った。「私にとって価値があるという話をするために、あなたは私をどこに連れていくつもり？」

彼が急に立ちどまったので、シャノンは勢いよくぶつかってしまった。彼は反射的に手を伸ばし、シャノンの体を支えた。「ケイン・リンドレー」彼は言った。「これが最初の質問の答えだ。そして、次の質問の答えは、ここから二ブロックほど離れた小さなコーヒーショップさ。歩いても行けるが、そろそろ駐車場の時間が切れるころだから、車で行って別の駐車場をさがしたほうがいいと思ったんだ」

シャノンはふいに彼がまだ自分の腕をつかんでいることに気づいた。きっと彼も同じことに気づいたのだろう、そっと両手を離して彼女が口を開くのを待った。

「ケイン・リンドレー……」

「そうだ。僕の名前を聞いたことがあるかい？」

「どうして私があなたの名前を聞いたことがあるの？」シャノンは当惑して尋ねた。

ケインはすかさず言った。「別にたいした理由はないさ。ただ、僕はリンドレー出版という出版社の社長で、最近はあるメディアグループを手に入れたばかりだからね」彼はリモコンで車の鍵《かぎ》を開けた。シャノンは急いで助手席側にまわって車に乗りこみ、冷たい外気をさえぎるようにドアをばたんと閉めた。

「リンドレー出版なんて聞いたこともないわ」ケインが隣に乗りこむとすぐに、シャノンは言った。

「いいさ」ケインの声は少しいらだたしげだった。「別に君を感心させようとしているわけじゃない。ただ、君が僕を信用できないなら、安心させてやろうと思っただけさ」

「そう」シャノンは窓の外をじっと見たまま言った。「私はシャノン・マッキーよ。それより、私が外に出てくるのをいったいどのくらい待ち伏せしていたの?」

「待ち伏せなんかしていないさ、レッド」ケインは嚙《か》みついた。「実を言うと、あの角を曲がったところにある小さな店にネクタイを買いに来たんだ。そのついでにちょっと寄ってみたら、偶然君が店を出てきた」

　コーヒーショップは本当にほんの何本か通りを隔てたところにあり、別の駐車場もすぐに見つかった。たまにはテーブルについて給仕されるのもいいものだと、シャノンは思った。ロンドンに越してきてからというもの、彼女はほとんど外で食事をしたことがなかった。家賃が驚くほど高いからそんな余裕もない。流行のコーヒーショップでゆっくりお茶を飲むことなど、さらに珍しいことだった。

　ケインはカフェティエールを二人分と焼き菓子を一皿注文し、黒い瞳でじっとシャノンを見つめた。「さあ、君のことを少し話してくれないか。サッカーが嫌いで、一度も見に行ったことはないが演劇が好きで、水泳以外の運動が大嫌いなことは知っている。それに、自分の赤い髪をひどく気にしているってこともね。だが、僕はなぜ君がロンドンへ出てきたのか知りたいんだ」

シャノンの顔が真っ赤になった。よくもまあ、そんなにつまらない情報を集めたものだ。ウエートレスの日常生活なんかより、もっと重要なことがたくさんあるだろうに。「私は自分の髪のことなんか気にしてないわ！」ぴしゃりと言ったが、それは事実ではなかったので少しうろたえた口調になってしまった。

「それなら、どうしていつも髪を束ねているんだい？」

「そのほうが都合がいいの。それに、私がロンドンに来たのは……アイルランドを出て気分転換したかったからよ。私はダブリンから三十キロほど離れた小さな村に住んでいたんだけど、少し違うことを経験してみたいと思ったの」

髪のことを指摘されたからには、もう三つ編みの先をもてあそんだり、引っぱったりできず、シャノンは膝の上で両手をきちんと組んでいなくてはならなかった。

「そんなふうに見ないでちょうだい」シャノンはしばらくして言った。もはや二人はウエートレスと客という立場ではない。急に一対一の対等な関係におかれ、シャノンは息苦しさを感じた。なにか考えこんでいるようなケインの謎めいた瞳は、どうでもいいことはすり抜けてだれにも知られたくない彼女の秘密へとまっすぐせまってきそうだ。

「なぜ？　落ち着かない気分になるからかい？」

しかし、ありがたいことにケインはその言葉について詳しく解説しようとはしなかった。そのかわり、コーヒーと焼き菓子が運ばれてくるとすぐに、シャノンがアイルランドでどんなことをしていたのか、ロンドンに来てなにをしていたのかと尋ねはじめた。シャノンが学歴や初めてついた仕事のこと、秘書としての資格について話している間、ケインは首を傾けてじっと聞いていた。

「なるほど」ついにケインが口を開いた。「君はこれまで秘書としての仕事に携わってきたが、実際にはかなり幅広い仕事に対応できるんだね」

「たいていのことには」

「それでは本題に移ろう、レッド。いや、失礼、ミス・マッキー。今日の一件については本当に気の毒だったと思っている。僕は何カ月もアルフレッドの店に通っていたから、君のまじめな仕事ぶりはよくわかっているつもりだ。もし僕があの男を連れて昼どきに店へ行かなければ、君もくびになってなどいなかっただろう」

「別にあなたのせいじゃないわ」

ケインは椅子にもたれ、腕を組んだ。「確かにそうかもしれない。だが、今日の件の埋め合わせに君に仕事を紹介したいんだ。働いてみないか……僕のところで？」

2

「あなたのところで働くですって?」シャノンは信じられないという口調で尋ねた。「でも、あなたは私のことをなにも知らないじゃないの! 今ほんの少し話をしただけで、身元証明書もなにもないのに。たった数カ月間アルフレッドの店で働いているのを見ていただけで、私がくびになったことに責任を感じるから秘書として働かないかと言うの?」

シャノンはケインの顔からマグカップを包みこんでいる彼の大きな手に視線を移した。この男性のもとで働くと思うと、なぜかとても恐ろしくなった。

「それに、そんなに簡単に仕事を紹介してしまっていいの?」シャノンは眉をひそめて続けた。「あなたの上司がなんて言うかしら?」

「僕は社長だ。僕が会社のすべてを取りしきっている。さっきもそう言ったはずだよ、レッド」

「そんなふうに呼ばないでって言ったでしょう」シャノンは反論したものの、頭がぼんやりしてまともにものが考えられない状態だった。「ほかにもっとふさわしい候補者はいないの？　それに、偶然秘書のポストがあいているなんておかしいわ」彼女は唇を噛《か》み締め、この信じがたい話について考えをめぐらせた。ケインはなにか隠しているに違いない。仕事を与えるに当たっては、面接や身元証明書の提出など、それなりの手順があるはずだ。熟れたプラムでもあるまいし、これといった能力もない者の膝の上に仕事が落ちてくるはずがない。「会社の社長に秘書がいないなんてありえないわ。そのポストがあいたら、速やかにかわりを務める人が配属されるはずだもの」もし彼が社長なら、指をぱちんと鳴らすだけでだれかが現れ、即座にふさわしい秘書をさがしにかかるだろう。社長自らが町をうろついて秘書をさがすなんて考えられない。

ケインは楽しげな声をあげて笑い、シャノンをじっと見つめた。「秘書のポストがあいているというのは嘘《うそ》じゃない。二カ月前、僕の秘書は夫を亡くした妹とドーセットで暮らしたいと言い出して退職した。それ以来秘書をさがしているんだが、どうもふさわしい人材が見つからなくてね。残された手段は重役たちの個人秘書の中から優秀な人材を引っぱってくることだが、それはあまり理想的な方法とは言えない。他人にまったく同じ問題を押しつけるだけだからね。それに、僕の秘書にはほかにもいくつか満たすべき条件がある。今、候補として考えている女性にはそれは無理だと思うんだ」

シャノンにとって、時間の経過とともに状況はますます予想もしなかった方向に進んでいた。「ほかの条件というのは？」彼女はゆっくりと尋ねた。焼き菓子をかじりながら、じっとケインを見つめる。

「それについて話す前に、この仕事に興味があるかどうか教えてくれないか」

「もちろん、興味はあるわ。前の仕事を突然失ったばかりなんだから」

「だったらつまらない言い争いはやめて、君にどんな秘書経験があるのか聞かせてもらえないかな？　もちろん経験が浅いようなら少し給料は下がるが、僕の秘書を務めればかなり有意義な経験になると思うよ。僕は仕事熱心な人を求めてきたが、君にはその素質がありそうだ」

「ウエートレスとしてよくやっていたから？　熱い料理がのった皿を客の上に引っくり返した今日を除いて」

「とくに、迷子のさやえんどうが彼の靴の中にすべりこんでいくのを指摘したときは最高だった」ケインはゆがんだ笑みを浮かべ、すばやく身を乗り出してシャノンの唇の端にさりげなく触れた。「焼き菓子の屑《くず》がついてるよ」彼はつぶやいた。「それでは、君の経歴を聞かせてもらおうか」

「いいわ、どんなことを話したらいいのかしら？」ケインの指が触れた場所に手を当ててしまわぬよう、シャノンは両手をきつく組み合わせて言った。

「これまで実際にどんな仕事をしていたのか話してくれればいい」

「秘書養成学校を出てから、短期間の仕事をいくつか経験したわ。そのあとは三年間、ダブリン郊外のラジオ局で正社員として働いていたの。人気のある音楽やゴシップしか取りあげない地元の放送局だったけれど。そこではあらゆる事務処理をこなしていたし、コンピューターのプログラムの更新もしたわ。実際、私が入社したころは経営管理がまともにされていない状態だったの。だからすべてをきちんと整理していくのはやりがいのある仕事だった」シャノンはもの思いにふけるようにつけ加えた。「退屈する暇もなかったし、楽しい人たちばかりだったわ」

「だったらなぜやめたんだい？」ケインは冷静にシャノンを見た。「別におかしな好奇心から尋ねているわけじゃないよ。だが、君の雇主になるかもしれない僕としては、突然仕事をやめた経緯も考慮する必要があるからね。やめた理由は給料に関する問題かい？」

「いいえ……一身上の都合よ」シャノンは頬を赤く染めた。

「つまり……どういうことだい？」

「あなたには関係ないと思うけれど」

「もちろん、関係あるさ」ケインはそう言ってコーヒーを飲みほした。「一身上の都合というのが、たとえば窃盗だとしたらどうなる？　あるいは会社に対する著しく反抗的な行動とか、倫理に反するおこないとか……」

シャノンは声をあげて笑いだした。「倫理に反するおこないですって？　笑わせないでちょうだい！　身元証明書が必要なら、寝室兼居間が一つしかない私のフラットから持ってくるわ」シャノンはすまして言った。

「部屋が一つしかないフラット?」

「そうよ」

「君は部屋が一つしかないフラットに住んでいるのかい?」

「私にはそれくらいの家賃を払うのが精いっぱいだもの。でも……」シャノンは言葉を切り、ゆがんだ笑みを浮かべた。「七人きょうだいの中で育った人間にとっては、フラットで一人暮らしをするだけでも最高の贅沢《ぜいたく》だわ」

「君は……」ケインの顔が青ざめた。

子供が嫌いなのだろうと、シャノンは思った。彼はきっと一人っ子に違いない。「わかってるわ。私がこの話をすると、たいていのイングランド人はそういう反応を示すもの。あなたは一人っ子なんでしょう? おおぜいのきょうだいと一つ屋根の下で暮らすなんて信じられないのね」

「僕は……いや、今は僕のことなど話しても仕方がない、ミス・マッキー……」

今さら改まってそんな呼び方をしても、話題をそらすのは無理よ。「あら、ちょっと尋ねてみただけよ。あなたは一人っ子なんでしょう?」

「ああ」

「そうだと思ったわ。寂しかったでしょうね。私の母は、一人っ子は孤独だってよく言ってたわ。あなたも孤独な子供だった?」

「話がそれてしまったようだ」ケインは暗い声でつぶやいた。「それで、君はなぜアイルランドからロンドンに出てきたんだい?」

「さっきも話したとおりよ。必要なら身元証明書を提出するわ。以前勤めていた会社は私の能力を高く評価してくれていたから」

「君がやめたのはエリック・ガルウェイのせいなのかい?」

シャノンは落ち着いて答えた。「あなたには関係ないわ、ミスター・リンドレー」

「ああ、確かに僕には関係のないことだな」穏やかな口調だったが、ケインの目を見れば実際はそう思っていないのが明らかだった。「さて、それではこの仕事に関するちょっとした条件について話そう」テーブルに肘をついて身を乗り出し、彼はゆっくり切り出した。

袖《そで》をまくりあげた真っ白いシャツからたくましい腕がのぞいている。

「ちょっとした条件?」シャノンは不安を覚え、ケインと目を合わせた。〝ちょっとした〟という言葉が、なぜか彼女には〝重要な〟という言葉に聞こえた。

「この仕事にはいくつかの追加業務があって、残業をしてもらうことも多いんだ」

シャノンは安堵《あんど》のため息をもらした。過酷な労働など恐れてはいなかったし、今までだって時計を気にするような働き方はしてこなかった。どちらかと言えば、もうとっくに帰っていいはずの時間まで働いていることのほうが多かったくらいだ。

「残業ならぜんぜんかまわないわ、ミスター・リンドレー」シャノンは即座に言った。「その点はアルフレッドも保証してくれるはずよ」

「それはよかった」ケインはそこでいったん言葉を切り、シャノンの顔をちらりと見た。「だが、この追加業務はきっと君が考えているものとは違うと思うんだ」

「どんな仕事なのかしら？」シャノンは弱々しい口調で尋ねた。想像力豊かな彼女の頭には、さまざまな可能性が浮かんでいた。どうかケインが法に触れるようなことを言い出しませんようにと、シャノンは祈った。せっかく給料の高い仕事につけるかもしれないと思いはじめたところでそれがなかったことにでもなったら、失業したときよりはるかに大きな精神的打撃を受けるだろう。

「実は僕には子供がいてね、ミス・マッキー……」

「あなたにお子さんが？」

「避妊をしないでセックスをすると、こういう結果を招くことがある」ケインはわざとらしく辛抱強そうな口調で言い、穏やかにつけ加えた。「もちろん、君も知っているとは思うが」

シャノンは怒る気にもなれずに言った。「私はただ……あなたと子供が結びつかなかっただけよ」

「それはなぜだい？」

「あなたはあまり……父親らしく見えないから」シャノンは力なく肩をすくめたが、ケインの眉がかすかに上がったのを見てあわてて言い添えた。「いつも朝早くレストランに来ていたし……だから、あなたはあまり家庭的な人ではないと思っていたの。お子さんはいくつなの？」

「八歳の女の子で、エレノアっていうんだ」

「そう」シャノンは耳にした情報を頭にしみこませるため、一呼吸おいてから言った。

「それで、そのことが私とどういう関係があるのかきいてもかまわないかしら？」

「僕は養育係《ナニー》を雇っていて、エレノアを毎朝学校まで連れていき、帰りは迎えに行ってもらっている。本当なら住み込んでもらったほうがいいんだが、キャリーは夜は自分の時間が欲しいと言うんだ。彼女はエレノアが赤ん坊のころから面倒をみてくれているから、僕も今さらほかの人を頼む気になれなくてね」

「奥様はどうしてるの？　彼女もフルタイムで働いているの？」シャノンは好奇心のにじむ声で尋ねた。

「妻は亡くなった」ケインが視線を落としてそう言ったとたん、シャノンは彼と彼の娘に深い同情を覚えた。きょうだいも母親もおらず、留守がちな父親とナニーしかいない小さな子供の生活を思い浮かべようとしたが、シャノンには想像もつかなかった。

「それはお気の毒に」シャノンはちょっとためらってから尋ねた。「奥様はいつ亡くなったの？」

「エレノアが生まれたときだ」ケインはまったく感情のこもっていない声で言った。以前、シャノンの母親は父親のことを尋ねられると、よくこういう声で答えていたものだ。答えたくない質問には、無関心を装って先手を打とうとしていたのだろう。「妊娠している間はいろいろ心配したが、いざ出産となったら比較的楽にすんだ。だが、エレノアが生まれてから三時間後、妻は大量出血で亡くなった」

「本当にお気の毒に、ミスター・リンドレー」

「だから、ときどき君に娘の面倒をみてほしいんだ。前の秘書はその点についてはとても協力的だったんだが、さっきも言ったとおり、彼女はドーセットに引っ越してしまったんでね。もちろん、迷惑をかけるぶん、給料をはずむつもりだ」

シャノンは両手でカップを持ち、親指で縁をこすった。「子供の面倒をみるのは迷惑なんかじゃないわ」彼女は静かに言った。

「それじゃあ」ケインはウエートレスに合図をして勘定書を促した。「いつから仕事を始められそうだい？」

「いつからでも」

「では、来週の月曜日からでどうだろう？　朝八時半きっかりに会社に来てくれ。それから、これは言うまでもないが、初めの一カ月間は試用期間にさせてもらうよ」

「それはお互いさまよ、ミスター・リンドレー」シャノンは言った。彼が責任を感じて与えてくれた仕事なのだから、どんなにいやでも我慢して働くだろうとは思われたくなかった。

「もちろん……」ケインはそこでシャノンの心臓がとまりそうになるほど魅力的な笑みを浮かべた。「君の言うとおりだ」そして彼は立ちあがり、車で送ろうと丁重に申し出た。しかしシャノンが断ったので、彼は小さくうなずいてコーヒーショップの出口へと彼女を促した。

外に出ると、冷たい空気が吹きつけてきた。シャノンは一瞬、非現実的な感覚に襲われ、今までのことがすべて鮮明な夢だったのではないかと思った。奇抜なシナリオを考えるのは得意なほうだ。もしかしたら、今の出来事もそのうちの一つかもしれない。だが、もちろんそうではなかった。私は仕事をやめたが、数時間もしないうちに運命の女神がほほえみ、別の仕事を与えてくれた。もしかしたら、人生とはこういうものなのだろうか？　今まで思っていたより、未来は真っ暗ではなさそうだ。悪い時期をなんとか乗り越えれば、あとは自然にうまくいくのかもしれない。人生には、健全な楽観主義の入りこむ余地が常に与えられているのだ。

月曜日の朝、シャノンは慎重に身なりを整えていた。この格好はケインの会社で働くのにふさわしいだろうか。ラジオ局やアルフレッドの店で働いているときは問題にならなかったが、自分でも気づかぬうちに風変わりな格好をしていたのではないだろうか。フラットを出てすぐ、シャノンは後悔した。形の崩れた帽子と、スカートにもスラックスにも合うのでいつもはいている踵《かかと》の低い黒の紐《ひも》靴は、やはり場違いだったかもしれない。彼女はブルーのスカートに白いブラウス、それにブルーと黒のチェックのジャケットを身につけていたが、一枚しか持っていないそのジャケットは姉のおさがりなので、どうもしっくりこない。コートだけはラジオ局に勤めていたころに買った少し高価なものだった。

髪にも少々てこずった。ふつうの会社で秘書として働くときに三つ編みではおかしいだろうし、かといって髪を下ろしておくこともできない。シャノンの髪は鮮やかな赤なので、まるでかがり火のように見えてしまう。そこで彼女は髪を低い位置で一つに束ね、大きめの鼈甲《べっこう》のバレッタでとめていた。

どういうわけか赤い髪は年齢よりもシャノンを幼く見せるので、今朝はきっちりと髪をまとめたほうがいいと思った。彼女は覚悟を決めていた。私は今日から厳しいキャリアの道を歩みはじめるのだ。オフィスでは決して派手な格好を好まないであろう男性のもとで。

これまでの二つの職場と今回の職場の違いを初めて実感したのは、会社に着いたときだった。建物の壁は一面曇りガラスで、大理石を使ったロビーには緑豊かな植物が並んでいる。大きな円形のデスクが置かれた受付に行くと、〝四階のオフィスでミスター・リンドレーがお待ちです〟と告げられた。

ケインのオフィスの前に立つころには、シャノンは早くも自分の事務能力に自信をなくしていた。確かに以前働いていた二つの職場ではその能力が役に立ったが、果たしてそんなものが一流の会社で役に立つのだろうか？　分厚いカーペットが敷きつめられ、パーテションで仕切られたいくつものオフィスが並び、社員たちがコンピューターの端末からファックスやコピー機へとせわしなく動きまわっているこんな会社で。

シャノンはおずおずとドアをノックした。すると、緑がかったグレーの髪の中年女性がドアを開け、鋭い視線を向けた。

「すみません」シャノンは口ごもった。「あの、ミスター・リンドレーのオフィスをさがしているんですが。受付の女性が――」

「彼女はあなたを迎えに来るよう、私に連絡をよこすべきだったわ」その女性はシャノンの言葉を途中でさえぎった。「よく言っておかなくては。さあ、中に入って、ミス・マッキー。最初に私から自己紹介をさせてもらうわ。私はシーラ・ゴダード。ふだんはミスター・リンドレーのお世話はしていないんだけれど、前の秘書の後任がなかなか見つからなくて……そうね、もう何カ月にもなるわ。私は自分の時間をかなり割いてミスター・リンドレーのために仕事をしているの。まったく迷惑な話だわ」まるでそれがシャノンのせいだとでも言いたげな口ぶりだ。「ここがあなたのオフィスよ。ミスター・リンドレーのオフィスは、ほら、奥のドアの向こう側に見えるでしょう。率直に言って、社長がご自分で秘書を見つけてきたとおっしゃったときは、私たちも驚いたわ」

私がこの仕事の話を聞かされたときほどじゃないでしょうけど。シャノンは心の中でつぶやいた。「一カ月間は試用期間なんです」シャノンはすかさず言って、広いオフィスを見まわした。胡桃《くるみ》材のデスクと回転椅子が置かれ、壁には額に入った会社のポスターがかかっている。清潔でちり一つないオフィスを目の当たりにし、シャノンの楽観主義は急速に勢いを失っていった。まわりにはおしゃべりをする相手もいない。これでは一カ月もないうちに気が狂ってしまいそうだ。

「もちろん」シーラが言った。「あなたも秘書としてふさわしくないと判断されるかもしれないわ。だからこそ私は、フルタイムであなたを雇うのは性急すぎないかと社長に提案したのだけれど」

「もし差しつかえなければ、なぜこれまでの候補者が秘書としてふさわしくないと判断されたのか、教えていただけませんか?」

「ミスター・リンドレーは」シーラは不気味な口調で言った。「とても要求の厳しい方なの。なんでも一流でないと満足されないのよ」彼女は奥のオフィスの立派なドアをゆっくりノックした。まるで、タイプのミス一つ許さない、恐ろしい怪物のもとで働く心の準備をしっかりしておきなさいとでも言いたげに。

シャノンが中に入ったとき、怪物はデスクの向こうで彼女に背を向け、電話中だった。

ケインが早口で話している間、シャノンはあたりを見まわした。彼のオフィスは彼女のオフィスよりいっそう無味乾燥な部屋だった。ただ一枚の絵画すらない。飾ってあるのは彼の娘の二枚の写真だけだ。見るべきものがなくなると、シャノンはついにケインに目を向けた。彼は革張りの椅子に深くもたれ、相手の言うことにうなずきながらそっけない返事を繰り返している。

「よかった」受話器を置くとすぐに、ケインは言った。「来てくれたんだね」

「身元証明書を持ってね」シャノンは言った。「でも、ミスター・リンドレー、正直言ってこの話はうまくいかないと思うわ。せっかく親切に雇っていただいたけれど」シャノンが身元証明書を差し出すと、ケインはそれを受け取ってさっと目を通した。それから椅子に深く座り直し、彼女を見つめた。

「どうしてだい?」

「ここは私がこれまで働いてきた職場とはまるで違うもの。私はこういう場所での仕事には向かないと思うの」

「おじけづいたのかい?」ケインは膝の上で手を組み合わせ、シャノンを見た。「君がおじけづくなんて思いもしなかったよ、レッド」

「おじけづいてなんかいないわ」きちんと名前で呼んでくれと言ってもむだだろうと、シャノンは思った。「ただ……私には少し堅苦しすぎるの。あなたの時間をむだにするのは気が進まないわ」

「それはどうもご親切に」ケインは皮肉っぽく言った。「君の身元証明書はすばらしいね。コンピューターにも詳しいし、責任感もあると記されている。それなのに、どうして君が僕の時間をむだにするなんて思うんだい？」

「あなたはこれまでずいぶんたくさんの秘書をおいてみたけれど、満足しなかったそうね。その原因は、人材派遣会社がいいかげんな仕事をしているか、あなたが気むずかしくて一緒に働きにくい人物か、どちらかだと思うわ」

「僕は要求が高いほうなんだ。さあ、くだらない話はやめて仕事に取りかかろう。主要なクライアントとこの会社の業務についての説明が終わったら、人事部に行って雇用契約書にサインしてくるといい」彼は立ちあがってちらりと腕時計を見た。「午後になったら僕は会議に入ってしまうから、君にはここで基本的な仕事をしていてもらう。手紙、ファックス、Ｅメールをチェックしておいてくれ。電話があったら伝言を聞いておいてくれれば、僕があとからかけ直す。困ったことがあったら廊下の突き当たりのオフィスにシーラがいるはずだ」

ケインはふと、シャノンのグリーンの瞳に不信感が浮かんでいることに気づいた。それがどんなに自分を魅力的に見せているか、彼女はきっと気づいていないのだろう。

「いいかい、もし本当に君がここで働きたくないなら、僕は無理やり引きとめはしない。

そこのドアから出ていって、ほかの仕事を見つけてくれてかまわないよ。もっとなごやかな雰囲気の会社の、もっとおもしろい仕事をね。しかし……」ケインはさらに続けた。「君がレストランでもらっていた二倍の給料は保証するよ。しかも、それは娘の面倒をみてくれることに対して僕が個人的に支払う分を除いた額だ」

シャノンはしかめっ面をしてケインを見た。「やってみるわ。私は隣にいるだれかさんと同じくらい、すぐに甘い話にのるほうなの」二人の視線がからみ合った。シャノンが目をそらすまでのほんの短い時間、二人の間にお互いを完璧《かんぺき》に理解したような心地よい雰囲気が流れた。

シャノンはケインの先に立って自分のオフィスに入り、デスクの前に座った。するとスカートが数センチ持ち上がり、ストッキングに包まれたほっそりした白い脚があらわになった。ケインはそのようすをじっと見つめていた。彼女はすでにコートと一風変わったジャケットを脱いでいて、ブラウスがその下の小ぶりな胸の形をあらわにしていた。

ケインは咳《せき》払いし、眉間《みけん》にしわを寄せて神経を集中しようとした。シャノンはコンピューターの電源を入れ、彼の言葉を待っている。「請求書だ。そう、請求書をすべて新しいものに更新しておいてくれ。それから、ファイルをするときはすべてアルファベット順に並べておくように」彼が体をかがめて腕をデスクにのせたので、シャノンと彼の腕が触れ合いそうになった。「外国との取り引きが多いから、君も金融市場のことを理解してくれていると助かる。細かい点まで詳しくなる必要はないが、少し知識があれば、どんな取り引きが利益を生み、どんな取り引きがそうでないかわかるようになるだろう。それと、最近引き継いだメディアグループについてだが……」彼はシャノンの前に身を乗り出し、コンピューターの画面をメインメニューに戻して傘下企業の財政状況を示した。

シャノンはケインの体が胸をかすめるのを感じた。ほんのわずかに触れ合っただけだったが、彼女は動揺して体を引いた。

「僕に同行して会議に出席してもらうことはほとんどないと思う」ケインはデスクを離れ、かわりに椅子を引き寄せて座った。「だが、僕がオフィスにいない間、君にEメールのチェックをしてもらうことになるだろう。近いうちに、その対応についても君にまかせたいと思っている」

シャノンはケインの方を見たが、彼があまりに近くにいるので少しとまどった。瞳の中のダークブラウンと黒の部分を見分けられるほど近くに彼はいた。どんなコロンでも消すことのできない、男らしいムスクの香りが感じられるほど近くに。

「さて」デスクから体を離して椅子にもたれ、ケインは言った。「なにか質問はあるかい?」

シャノンは椅子を回転させ、ケインとまっすぐ向き合った。「このオフィスに独りぼっちでいて、寂しくならないの?」

「寂しい？　僕が？」

「ええ。だって、一日ずっと仕事に集中していられるわけではないでしょう。たまにはだれかとおしゃべりすることも必要だし……」

「おしゃべりだって？」

「あなたは手を休めてコーヒーを飲みながら、だれかと話したりしないの？」

「レッド、手を休めてコーヒーを飲むときは、僕はいつも自分のデスクにいるし、目の前の書類に集中している」ケインは威圧するような口調で言った。

「だったら、あなたはどうやって会社の中でなにが起きているか知るの？　社内を歩きまわることもないし、一階で飛び交うゴシップを耳にすることもないんでしょう？」

「ゴシップ？」

「あら、なにか質問はないかと尋ねたのはあなたのほうでしょう」頭がおかしいのではないかと言いたげな目つきでケインが自分を見るので、シャノンの声はしだいに弱々しくなった。「仕事については、実際にこなしていくうちになんとかなると思うわ。もちろん、慣れるまでは少し手間取るでしょうけれど」

「君ならすぐに慣れるさ。人事部のリンダに、ランチの前に君と会うように言ってある」ケインは優雅な身のこなしで立ちあがり、穏やかな表情でシャノンを見た。「僕はこれから会議で忙しくなるから、おそらく明日まで君とは会えないだろう。リンダが教えてくれると思うが、もし興味があるなら一階の社員用のカフェテリアに行ってみるといい。そこでならおしゃべりもできるし、ゴシップも聞けるだろうから」

「あなたこそ、そこで食事をするべきだわ」シャノンはゆっくりと笑みを浮かべた。

「そうだね、機会があったら」ケインはジャケットに袖を通し、ネクタイを直しながら言った。そしてドアに向かいかけたが、途中でシャノンの方を振り返った。「よかったら、さっそくエレノアに会ってくれないか。この二カ月間、キャリーは僕のために夜遅くまで家にいてくれているが、君が仕事を引き受けてくれたからには、彼女をなるべく早く社交生活に戻してやりたいんだ」

「娘さんの面倒をみるのは……臨時の仕事だと思ってたわ」シャノンは口ごもった。「それに、私の社交生活はどうなるの？」

「おや」シャノンが社交的な生活を送るつもりでいたなんて驚いたと言わんばかりに、ケインは顎をさすった。「君は傷ついた心を癒《いや》すためにロンドンに来たんだろう？　一人の時間は悲しみに暮れて過ごすんじゃないのかい？」

ずうずうしく境界線を越えてきたケインの言葉に、シャノンは頬を赤く染めた。「失恋した女性はすぐにでも新しい刺激的な社交生活を求めて飛び出すものよ」彼女は辛辣《しんらつ》な口調で答えたが、サンディとの夕食の約束が新しい刺激的な社交生活と言えるかどうかは疑問だった。

「なるほど」ケインは認めた。「だが、僕はいつも八時までには帰宅するようにしているから、君の刺激的な社交生活にもさほど影響はないだろう」

「八時ですって？　それじゃあ、いつ娘さんと顔を合わせるの？」

「週末はいつも予定を入れないようにしている」ケインはつぶやいたが、しだいに首のあたりが赤くなってきてシャノンから視線をそらした。「ロンドン周辺の道には詳しいかい？」彼は下を向き、紙切れに自分の住所を走り書きした。「いや、僕の運転手に君を迎えに行かせよう。金曜日の夜はどうだい？　七時半ごろでいいかな？　エレノアは、金曜日はいつも遅くまで起きているんだ」

「エレノアはどんな子なの？」ケインに渡された紙切れを折りたたんでバッグに押しこみ、シャノンは興味深げに尋ねた。

「体は小さいほうで髪はブロンド、瞳はブルーだ」

「私は性格について尋ねたんだけど」

「ああ、エレノアは……とてもおとなしいんだ」ケインは眉をひそめ、もっと別の表現がないかと考えているようだった。「問題はなにも起こさないよ」

それはとても八歳の子供のことを言っている言葉には聞こえないと、シャノンは思った。八歳のころに問題を起こさなかったら、いったいいつ問題を起こすというのだろう？　私はそれくらいのころ、いやというほど問題を起こしていた。

「わかったわ」シャノンは感情を抑え、考えこむように言った。

「僕がいない間に困ったことがあったら、シーラに助けてもらってくれ」ケインは再びドアに向かいかけたが、途中で立ちどまって言った。まじめくさった口調とは裏腹に、瞳には光が躍っている。「それから、社員用のカフェテリアに行くのを忘れないように。あそこはゴシップと陰謀の温床だ。僕が知っておくべき反対勢力の動きについてなにか耳にしたときは、必ず教えてほしい」

誓ってもいいが、ケインがうしろ手でドアを閉めたあと、くすくす笑う声をシャノンは確かに聞いた。コンピューターと、タイプしなければならない手紙の山の中に一人取り残された彼女は、四日後に控えたケインとエレノアとの夕食が楽しみになっていた。コーヒーとベーグルを運んでいたときよりももっと、ケインに興味をそそられるようになっていたからだ。

3

ケイン・リンドレーの家はシャノンが予想していたよりもはるかに遠かった。

シャノンはモダンで飾りけのない、ペントハウスのようなスイートルームを想像していた。部屋には白くて分厚い絨毯《じゅうたん》が敷きつめられ、八歳の子供のたてる騒音をかき消してくれる。その子は贅沢《ぜいたく》な家具や装飾品の並ぶ家の中を寂しく歩きまわり、留守がちな父親の目につかない隠れ場所をさがしているに違いない。

だが、運転手付きの車が錬鉄製の門を通り抜けると、目の前に現れたのは蔦《つた》の葉におおわれたヴィクトリア朝風の屋敷で、その前にはきれいに刈られた芝生が広がっていた。門灯に照らされた大きな木がぶらんこやすべり台にうっすらと影を落としている。

シャノンは緊張のあまり胃が引きつるのを感じながら、玄関の呼び鈴を押した。日がたつにつれ、ケイン・リンドレーはとてもいい上司だということが明らかになってきていたが、なぜか彼を見るたびにシャノンの中で警報が響き渡った。ケインが自分のオフィスにこもって仕事をしていて姿が見えないときでさえ、シャノンはどこかで彼の存在を意識し、彼が現れるのを心待ちにしている。だが、きっとそれは新しい仕事を始めたばかりで神経過敏になっているせいだろうと、彼女は自分に言い聞かせていた。

最初の面談で聞かされたとおり、ケインがもっと頻繁に外出していれば、この神経過敏状態も克服できただろうが、実際には彼は会社にいることが多かった。少し開いたドアの向こうからは歯切れのいい電話での会話が聞こえ、そうでないときは書類に目を通したり、コンピューターに向かっているのだろうと思われる静けさが漂っていた。さらに、彼はよくシャノンを呼んで手紙や書類の口述筆記をさせた。そんなとき、彼は決まって椅子を回転させてデスクから離れ、眉間《みけん》にしわを寄せて脚を指で軽くたたきながらよどみなく話した。それに、一日に少なくとも二度はシャノンのオフィスに顔を出し、仕事がうまく進んでいるかようすを見に来るのだった。

そんなケインになぜ今までふさわしい秘書が見つからなかったのか、シャノンには不思議でならなかった。彼は急に機嫌が悪くなったり、秘書に批判めいた言葉をぶつけることもない。唯一思い当たることといったら、経験不足の者には彼のペースは速すぎるかもしれないということくらいだ。いずれにせよ、アルフレッドの店やラジオ局で働いていた経験は、日常業務に急な変更が生じてもすばやく判断を下し、混乱が生じないように対処できる能力を養ってくれたようだった。

呼び鈴を押して待っていると、ミセス・ポーターというでっぷりした中年の女性が応対に出てきて、居間でケインが待っていると告げた。

「エレノアはどこにいるんですか？」シャノンは尋ねた。今夜の訪問の目的である人物がすでに眠ってしまっていたら困ると思ったからだ。エレノアが二階で無邪気に眠っている間、ケイン・リンドレーと二人きりで夕食をとるなんてあまり気が進まない。しかし、エレノアは父親と一緒に居間にいてシャノンに会うのを楽しみにしていると、家政婦は小声で教えてくれた。

「私に言わせれば」ミセス・ポーターがさらに声を低くしたので、シャノンはじっと耳をすまさなくてはならなかった。「ミスター・リンドレーはもっと早くに再婚なさるべきだったのよ。子供には母親という存在が必要なんだから。かわいそうなおちびちゃん、あの子にはいつもそばにいて心に安らぎを与えてあげる人が必要だわ。ふいにやってきてはすぐにいなくなってしまう女性のお友達ばかりではなくてね」

こんなふうに他人の私生活について話すのは気が引けたが、もっとケインのことを知りたいという思いに負けてシャノンはうなずいた。女性のお友達？　ケインに女性の友達がいるのかしら？　もちろん、たくさんいるに決まってるわとシャノンは思った。だが、いつも自分を完璧《かんぺき》にコントロールしているケインが情熱的に女性にせまるところなど、彼女のたくましい想像力をもってしても思い浮かべることはできなかった。

幸いにも、ミセス・ポーターがわきによけてシャノンに居間に入るよう促したので、ケイン・リンドレーの意外な一面をもっと知りたいという衝動は消え去った。

「ミスター・リンドレー、よろしければ私はこれで失礼します。お食事は温めるだけにしてありますし、テーブルもセットしておきましたから」

「温めるだけかい?」

「私が手伝ってあげるわ、パパ」エレノアが熱心な口調で言うのを聞き、シャノンは胸が痛くなった。

「エレノア、こちらがパパの新しい秘書のシャノンだ。パパがいない間、おまえと一緒に過ごしてくれる」

「こんばんは」エレノアはシャノンにちらりとほほえみかけ、それから懇願するような表情で父親に向き直った。「ねえ、パパ、私は本当にお手伝いできるのよ。どうすればいいか知ってるもの」

「ダーリン、おまえはキッチンに立つには小さすぎる。家庭での事故はほとんどがキッチンで起きていることを知ってるかい? ナイフやガスレンジの火、鍋《なべ》で煮えたぎる熱湯――」

「少しくらいならエレノアもお手伝いできますわ、ミスター・リンドレー」シャノンは口をはさんだ。ケインがごくふつうのキッチンをまるで死の落とし穴であるかのように言うのを聞き、我慢できなくなったのだ。「私がエレノアくらいのころには、基本的なことは手伝っていました」エレノアをちらりと見ると、彼女は驚きつつも感謝するようにシャノンを見ていた。「きちんと目を離さないようにしていれば――」

「君は八歳のときにひと通りの食事を作れたかもしれないが、エレノアは君のようにたくましく育てられたわけではないからね」そしてケインは娘の方に向き直った。「シャノンは七人もきょうだいがいるんだよ」

「七人？　すごい！」エレノアは驚いて目を大きく見開いた。「うらやましいわ！　私も……」そこで言葉を切り、彼女はちらりと父親を見た。

「私がきちんと監督しますわ、ミスター・リンドレー」エレノアが続きを口にする前に、シャノンは急いで言った。「エレノア、学校で家庭科の授業はないの？　パンを焼いたりとか？」

「ないわ」エレノアは顔をしかめて言った。

「ほら、僕の言うとおりだ！　学校でさえ、子供たちを危険なものから遠ざけようとしている」まるで自分の意見の正しさが証明されたと言わんばかりに、ケインが満足げに眉を上げた。

シャノンはそれを見て怒りのあまり頬を赤く染めた。「でも、ミスター・リンドレー――」

「ケインだ。僕らの間でそんな堅苦しい呼び方をするのはおかしいだろう。君の怒った顔を見る限り、どうやら僕は幼い子供たちに火遊びの仕方を教えるのがいかに大切かという講義を受けることになりそうだな」

「あなたにそんな講義をするつもりはありません」シャノンは不機嫌そうに言った。「私が言っているのは、木のスプーンとボウルを使ってちょっとかきまわす程度のことです。木のスプーンで怪我《けが》をした子供をあなたは何人知っているんです？　それに、ボウルをかきまわす程度のことでいったい何件の事故が発生したというんですか？」

「木工細工なら学校でもするわ」エレノアが助け船を出した。「そうでしょう、パパ？何カ月か前にパパに箱を作ってあげたのを覚えてる？　開け閉めできる蓋《ふた》がついた箱よ」

「ああ、もちろん覚えてるよ」だが、自信なさげなその表情を見れば、ケインが箱のことを覚えていないのは明らかだった。

「あなたを非難するつもりはないけれど」小さいながらも立派な女主人役《ホステス》を気取ってキッチンに歩いていくエレノアのあとに続きながら、シャノンはつぶやいた。「自分の娘が学校でなにをしているかに興味はないのかしら？」

「僕も君を非難するつもりはないがね、レッド」ケインも言い返した。「まさか、仕事中毒の父親に関するでたらめな心理分析の本でも出版するつもりじゃないだろうね」

「つまり、自分は仕事中毒だって認めるのね」

「そんなことを認めるつもりはないさ」ケインは小声で言った。「君がこの契約の基本的な取り決めを忘れているといけないから言っておくが、君は仕事のあと何時間かエレノアの世話をするために雇われたんだ。僕のことを分析するためではなくてね」

「まあ、なんていいにおいでしょう」シャノンはケインの言葉を無視して叫んだ。

「パパが女性のお友達を呼ぶときはいつも、ミセス・ポーターが特別な食事を作ってくれるの」エレノアが言った。「私がテーブルをセットしたのよ。スープのスプーンをどこに置くかわからなかったから、ボウルに入れたの」

「よくできたね！」ケインはシャノンと目を合わせないようにして、熱心な口調で言った。ガスレンジに近づいて火をつけたものの、次になにをすればいいかわからないようすで鍋の中身を不安げにのぞきこんでいる。

「私が思うに、次はスープをお皿につげばいいんじゃないかしら」シャノンが言うと、エレノアは笑いをこらえていた。「確かに、そんなにおおぜいの女性のお友達をもてなしていれば、基本的な料理の出し方は覚えてしまうでしょうね」

「お料理はいつもミセス・ポーターが出してくれるの」エレノアはまじめくさって説明した。「そうよね、パパ？　でも、今夜は息子さんが病気だから帰らなくちゃならなかったの。彼は十二歳で、学校でラグビーの試合をしていて足首をひねっちゃったんですって」

「危険なスポーツね。学校がよく許すものだわ」シャノンはわざとらしく言った。「家庭科よりもよっぽど危険でむごい光景だったでしょうね」

「それに、木工細工よりもね」エレノアがスープを飲みながら答えた。「でも、先週クレア・トンプソンが木のボウルを手の上に落として怪我をしたけれど」

シャノンはひそかに舌打ちしたが、スープはとてもおいしかった。ケインが家で女性をもてなすときに、ミセス・キャリー・ポーターに料理を作らせるのも当然だ。きっと何百人もの女性が、彼の人生を通り過ぎていったのだろう。

「そういえば、昔、紙で手を切ったことがあったわ」シャノンはふいに思い出したように口を開いた。「学校は紙を使うことを禁止すべきよ」

エレノアが笑いだした。「ランチタイムの食事もだめね。食べ物をこぼして火傷《やけど》をするといけないから！」

「二人ともいいかげんにしてくれ」ケインが娘に向かってほほえむと、エレノアは顔を赤らめた。「さあ、家庭科の実習だ」彼はそう言ってナプキンで口をふき、椅子の背にもたれた。「まずはこの皿をシンクに持っていくことから始めよう」

食事が終わるころには、エレノアもシャノンが思い描いていた八歳の子供らしくふるまうようになっていた。彼女は声をあげて笑いながら、学校であったことや友達とのおしゃべりの内容、休み時間にどんなゲームをして遊んでいるかなどを話してくれた。

「いつここに来て私と一緒に過ごしてくれるの？」ベッドに入るために部屋を出ていく途中で立ちどまり、エレノアはシャノンに尋ねた。

シャノンが問いかけるようにケインを見ると、彼はまいったというように両手を上げた。

「今度の月曜日は少し帰りが遅くなりそうだから、仕事が終わったあと、ここに来てもらえるかい？　いつもどおりキャリーにエレノアを学校まで迎えに行ってもらい、君が来たら交代してもらおう」

それで話は決まった。だが、エレノアが父親につき添われて二階に行ってしまい、キッチンの静けさの中に取り残されると、シャノンの中には、巧みに操られてしまったのではないかという疑惑がわき起こった。

はるばるロンドンまでやってきたのは、アイルランドとそこにつきまとういやな思い出から物理的に距離をおき、家族の助けを借りずに自分の足で歩いていくためだった。それなのに、また別の家族に巻きこまれてしまうなんて、私はいったいなにをしているのだろう？

「娘は君を気に入ったようだ」

ケインの声を聞き、不安になってあれこれ考えをめぐらしていたシャノンは現実に引き戻された。彼女は明るい笑みを浮かべ、彼の方を向いた。

「居間でコーヒーでもどうだい？」ケインはそう言ってお湯をわかしはじめた。

「私はそろそろ帰らないと」

「金曜日の夜九時半だっていうのに？　どれくらいの割合でキャリーのかわりを務めても

らえるか、話し合っておきたいんだ」ケインはぶっきらぼうに言った。そしてキッチンのカウンターにもたれ、考えこむように腕を組んだ。「正直言って、エレノアがあんなに早くだれかになついたのは初めてだよ」

シャノンの頭の中に、ふいに謎《なぞ》めいた女性たちに囲まれているエレノアの姿が浮かんだ。内気で恥ずかしがり屋で、臆病《おくびょう》な鼠《ねずみ》のようにおどおどしながら、なんとか父親の注意を引こうとしているエレノア――そんな彼女の姿を思い出すと、シャノンはどうしようもないくらい胸が痛んだ。

「きょうだいがたくさんいることが、いつか必ず役に立つと思っていたわ」シャノンはケインのあとについて居間へ行き、暖炉に一番近い椅子に座って猫のように脚をまるめた。

「コーヒーはやめて、仕上げの一杯といこうか?」ケインは部屋の隅にある木製の戸棚に近づいていき、扉を開けた。「なにがいい? だいたいなんでも揃《そろ》っているよ。ブランデーはどうだい? それともポートワインがいいかな?」

「ワインをいただくわ」シャノンは言った。「本当にすてきな家ね、ミスター・リンドレー……ケイン。ここにはどれくらい住んでいるの?」

「この家は妻と結婚したときに買ったんだ」

「そして、そのままずっと……」

「妻が亡くなったあともね」ケインはシャノンに近づいて赤い液体の入ったグラスを渡し

た。グラスを受け取るとき、ケインの指がシャノンの指をさっとかすめたが、彼は平然とソファに座って足を組んで言った。「引っ越そうかとも思ったが、すぐに考え直した。僕はこの家が気に入っているし、どんなことをしても記憶から逃れることなどできないからね。さて、エレノアをどう思ったか聞かせてくれないか？　仕事を終えてすぐにここに駆けつけるのはあまり理想的な状況ではないだろうから、定期的にここに来るのが無理だと思うなら、正直に言ってほしいんだ」

シャノンはワインを一口飲んだ。液体が通り過ぎると、喉が焼けつくような気がした。

「定期的にというのは、つまり……？」

「仕事のあと、毎日だ」ケインはもの憂げに言った。「だが、もちろん話し合う余地はある」

「あなたが早く帰宅することはまったくないの？」もう一口ワインを飲む。今度は焼けつくような感覚が少し薄れたが、頭がぼんやりしはじめた。

「たまにはあるよ。それに、週末はいつもあけておくようにしている」

「それは寛大だこと」このワインは癖になりそうだと、シャノンは思った。グラスの残りを一気に飲みほし、口先だけで二杯目を断る。エレノアの前では完璧な行儀作法のお手本となるよう努力した。しかし、ポートワインを飲んだあとでは、シャノンの付け焼き刃の礼儀正しさは少々はがれ落ちてきたようだ。

それこそがシャノンの問題だった。何度痛い目にあっても、彼女はどうしても思ったことを正直に言わずにいられないのだ。

「あなたは……」シャノンは口を開きながら、二杯目のワインはゆっくり飲もうと決心した。ほんの少し正直になるだけで十分痛い目にあってきたのだから、ワインを飲みすぎたりしたらどうなってしまうかわからない。当初の不安にもかかわらず、せっかく楽しく思えるようになってきた仕事を失うことにもなりかねない。「エレノアのことをどう思うかと私に尋ねたでしょう……」

ただ単に考えをまとめているだけだったが、シャノンは厄介な問題の答えを考えているかのように眉を寄せた。

「正直言って、エレノアは少しかわいそうだと思うわ。あの子はあなたの注意を引こうと必死になっている。あの子がなにか言おうとするとき、いつも許可を得るようにあなたを見るのに気づいてる？　まるで……」シャノンは頭をはっきりさせるために、美味なる赤い液体をもう一口すすった。「まるで……間違ったことを言って、あなたをがっかりさせまいとしているみたいに！」

「エレノアが僕をがっかりさせるはずがないだろう？」ケインはシャノンに皮肉っぽい視線を向け、穏やかに言った。「二杯のワインのせいで、そういう観察結果になったんじゃないのかい？」

「そんなわけないでしょう！」シャノンは陽気に笑い飛ばした。「ワインなんて関係ないわ！　あなたがエレノアのことをどう思うかと尋ねたから答えたまでよ。私が思うに……あの子には母親が必要だわ。女の子に母親が必要なのはごく自然なことよ」

ケインはシャノンの言葉について少し考えていたが、やがて怒りのこもった口調で言った。「君をがっかりさせて申し訳ないが、今のところ、母親がわりになってくれそうな人はいないんだ」

「あなたの人生を通り過ぎていくたくさんの女性たちの中にも？」

「君がいつその話を持ち出すかと思っていたよ。エレノアが遊びに来る女性たちのために食事を用意するキャリーの手際のよさについて話したとき、君の瞳は意味ありげにきらめいていたからね」ケインはくつろいだようすでソファに寄りかかり、頭のうしろで手を組んだ。もの憂げな瞳は楽しげにシャノンを見つめている。「さあ、シャノン、本当のことを言ってくれ。僕は女性たちがデートの順番待ちをして列を作っているような男に見えるかい？」

「彼女たちに直接きけばいいでしょう」シャノンは力なく言った。

「君はまだ僕の質問に答えていないよ」

「いいわ。それなら答えはイエスよ！」

「僕が刺激的でセクシーだからかい？」ケインは皮肉っぽく尋ねた。頬を赤く染めたシャノンが、震える指でグラスを持って一気にワインを飲みほすのを愉快そうに見ている。

「なぜなら、エレノアが嘘《うそ》をつく理由はないからよ」シャノンは挑戦的に続けた。「女性のこととなると、あなたはずいぶん熱心みたいね。きっと再婚の必要性も感じているんでしょうし、身を固めてもう何人か子供を作ってもいいと思っているんでしょう?」

「ふさわしい女性がいないんだ。言っただろう、僕は理想の女性が現れるのを待っている哀れな年老いた男だって。きっと将来はすばらしい料理を作ってくれる家政婦の世話になるのさ」

ケインが少年のようにほほえんだので、シャノンの頬がさらに赤味を増した。いかなるときも声を張りあげたりしないのに、ケインには人を動揺させるほどの威圧感がある。それはきっとレーザーのように鋭い瞳のせいだろうと、シャノンは思った。

「エレノアに必ず守らせている日課はあるの?」いつものように歯切れよく言葉が出てこないと感じながら、シャノンは尋ねた。グラス二杯分のポートワインが体の中に入っているのだから、こんな口調さえ長くは保てないだろう。シャノンは首を傾けて声に威厳を持たせようとしたが、途中でめまいがしてきた。

「宿題をすませ、食事をとり、風呂に入って寝る前に少し本を読ませる――キャリーがそうしてくれているはずだ。たまに僕も本を読む時間までに帰れることもあるが、君も見てのとおり、なかなか予定どおり仕事が進まなくてね」

「もし予定どおりに仕事が進むなら、あなたはそうしたいと思っているの？」シャノンは興味をそそられて尋ねた。

「もちろんだ」

ケインはきっぱりと答えたが、シャノンが信用するはずもなかった。ケイン・リンドレーは、仕事が残っていてもそろそろ家に帰ろうかと腕時計に目をやるようなタイプではない。いいわ、彼が毎日娘と顔を合わせられるように、私が彼の秘書としてうまくスケジュールを組んであげよう。シャノンはそれを自分の最優先の仕事にしようと決めた。

「会社では友達はできたかい？」ケインがふいに尋ねた。ややこしい質問でなくてシャノンはほっとしたが、彼が会話を切りあげて帰らせてくれればもっといいのにと思った。

「ランチタイムはどんなふうに過ごしているんだい？」

「社員用のカフェテリアに行ってるわ。かわいそうに思ったのか、シーラが最初の日に食堂まで連れていって、ほかの部署の人たちを何人か紹介してくれたの。会社には、宝くじを買って楽しむクラブがあるそうだけど、あなたは聞いたことがある？」

「宝くじを買って楽しむクラブ？」ケインは当惑したようにシャノンを見た。

「ええ！」シャノンはソファの両わきをきつくつかみ、身を乗り出してじっとケインを見つめた。「ずいぶんたくさんの人たちが参加しているらしいわ。みんなくじにお金をつぎこんで、金曜日の夜、パブに繰り出してははずれたと言って浮かれ騒ぐんですって！　私も今ごろはそこにいたはずよ。もしも……ここに来ていなかったら。でも、来週の金曜日にはみんなでレスター・スクエアのナイトクラブに行くことになってるの。きっと楽しいと思うわ！」

もちろん楽しいに決まっている。こういう楽しみのために、私はロンドンにやってきたのだから。認めたくはないが、シャノンは活発な性格にもかかわらず、家にいるのが好きなタイプだった。エリック・ガルウェイとつき合っていたころ、シャノンは初めてナイトクラブに出かけたが、小犬のように彼のあとをついて歩いていただけだった。二人の関係が破綻《はたん》したとき、エリックはそのことについて文句を言った。君はまるでティーンエイジャーのように退屈で世間知らずだ、しかし、彼らのような大胆さも持っていない、と。

来週の金曜日にナイトクラブで大騒ぎすることは、大胆さを手に入れる第一歩になるだろうとシャノンは思っていた。

「それは楽しそうだな」ケインはそっけなく言った。「君はこれまでにもナイトクラブに行ったことがあるのかい？」

「もちろんあるわ！　あなたは知らないかもしれないけど、ダブリンにもたくさんのナイトクラブがあるのよ。どうして私がそういう店に行ったことがないなんて思ったの？　確かに私は生粋のロンドンっ子ではないけれど、それほど世間知らずでもないわ！」

「そんなふうに聞こえてしまったのなら謝るよ」そうは言ったものの、ケインはまったく悪びれていなかった。「でも、なぜか君には家庭的な印象を受けるんだ。どちらかと言えば、外に出るのが嫌いなほうかと思っていた」

「以前はそうだったわ」シャノンはきっぱりと言った。だが、今の私はワイルドで大胆な女性だ。未熟で経験の浅い女性などではないことを証明しなくては。

「でも、人は成長するものでしょう?」しだいに頭が働かなくなっていたが、奇妙なことにシャノンはケインを驚かせてやりたい衝動に駆られた。彼はいつも平然としている。もし彼の家の上空にきのこ雲が立ちこめ、避難警報が鳴り響いても、彼はパニックに陥らないのではないかとシャノンは思った。するとよけいに、彼を動揺させてみたくなった。

「それで、君は今こそ成長するときだと思っているわけか」

「冒険したいとは思ってるわ」シャノンは正直に言い、無謀にもブラウスの一番上のボタンを開けたまま身を乗り出して、ワイングラスを再び手に取った。小ぶりな胸がちらりとケインの目に入るのを計算したうえで。彼が女性につきまとわれるのも無理はないと、シャノンは思った。おそらく彼女たちはみんな、彼に自制心を失わせようと躍起になるのだろう。

「そう思うのもアイルランドでの経験となにか関係があるのかい?」

「経験って?」シャノンはわざとらしく喉を鳴らしてワインを飲み、ごまかした。

「エリック・ガルウェイとのことさ」ケインはまばたきもせずにじっとシャノンを見てい

た。

「エリックと私の間にはなにもなかったわ」シャノンは小さな声でつぶやいた。

「だから君は熱い料理を彼に引っかけたのかい？」

シャノンは不機嫌そうに言い返した。「前にも言ったとおり、あなたには関係ないことよ」

「それが、もしかしたら関係があるかもしれないんだ。実を言うと、彼をうちの会社に雇おうかと考えていてね」

「なんですって？　彼があなたの会社で働くというの？」シャノンの顔からかたくなな表情が消え、かわりに恐怖の色が浮かんだ。もしその選択が避けられないものなら、私は明日にでも仕事をやめるわ！

「ああ、そうだ」

「だったら今すぐに私は退職させてもらうわ」足元がぐらつくのを感じつつ、シャノンはふらふらと立ちあがった。

「座ってくれ！　エリックは君と同じ部署で働くわけじゃない。彼には最近手に入れたメディアグループで働いてもらうつもりなんだ。カメラの前でね。そのほうが彼の虚栄心をそそるだろうから」

シャノンは腰を下ろした。座っているほうが間違いなく安全だ。

「僕が君たちの間になにがあったのか知りたいと思うのは、彼を雇うべきでない理由があるなら君に教えてほしいからだ」

「たとえばどんな理由かしら?」シャノンは追いつめられたような気分になって尋ねた。

「さあ、僕にはわからない。おそらく君は彼の本性を知っているんだろうが……」

「そうね、確かに私は彼の本性を知っている」シャノンは苦々しげに言った。「でも、それは彼を採用するかどうかにかかわる問題ではないと思うわ」

「いったいどんなことなんだい?」ケインはささやくように尋ねた。前かがみになって腕を腿の上にのせ、一心にシャノンを見つめている。

張りつめた沈黙の中、シャノンは目の前に座っている男性にすべてを告白してしまいたい衝動に駆られた。恐ろしい秘密でもあるまいし、どうしてケインに話してはいけないのだろう? だが、ロンドンに来てから、シャノンはあの不幸な出来事についてはだれにも話していなかった。過去の出来事で自分を判断せず、今の自分を受け入れてもらいたかったからだ。しかし、ここまできたら酔ったふりをして肩をすくめ、あの出来事を笑い飛ばしてしまったほうがいいのではないだろうか?

「私は彼とつき合っていたの!」シャノンは陽気に告白した。そして、景気づけにワインを飲もうとしたが、再びグラスがからになっているのに気づいて気が重くなった。

ケインはうなずき、困惑したようすもなく尋ねた。「君たちはどうやって知り合ったんだい？」

「彼が私の上司の取材をするためにラジオ局へやってきたの。アイルランドでメディア関係の仕事につくのと、イングランドでそういう仕事につくのとではどんな違いがあるかというインタビューよ」

「それで、君は彼の魅力にまいってしまった？」ケインはふらふらと立ちあがったシャノンを辛抱強く見守っていたが、やがて彼女の腕をつかんで体を支えた。

「そう、私は彼にまいってしまったのよ！」シャノンは鋭い口調で言ったが、ケインが腕を支えてくれたことには感謝していた。もし支えてもらわなかったら、ぶざまに床に倒れていただろう。「彼はとても口がうまかったわ。いろいろなところに連れていってくれたし、将来を約束してくれた。でも、そのあとで私は彼が結婚していると知ったのよ！」

「なんてことだ」シャノンのコートがかけてある階段下のクロークルームに向かって歩きながら、ケインは同情のこもった口調で言った。「ひどいショックを受けただろうね」

「彼は結婚していて二人も子供がいたの！」その驚くべき事実を知ったときの気持ちを表すには、〝ショックを受けた〟という言葉では穏やかすぎる。シャノンはあのとき、まわりの世界が崩れ落ちるような気がしたのだから。

「私が面と向かって問いつめると、エリックは声をあげて笑ったわ！　そして、少しは大人になれと言ったの。既婚男性は常に不倫をするものだ、君がもう少し大人だったら見抜けたはずだって！　彼は、私から解放されてうれしいとも言ったわ。なぜなら私は絶対に……絶対に……」

「絶対に？」

「絶対に彼とはベッドをともにしなかったからよ」シャノンは目尻に涙がたまるのを感じ、何度かゆっくりとまばたきをした。ケインはコートを着るのを手伝い、迎えの車を呼んでくれた。

「あの男はろくでなしさ、レッド」ケインはやさしく言い、シャノンの顎に指をかけて自分の方を向かせた。「君にはふさわしくない。今度はいい男を見つけるんだよ」

「あら、今度は逆の立場に立つわ」シャノンは言い返した。「男性が女性をどう利用するか、私はよくわかったの。だったら同じように男性に報復しないでいる手はないでしょう？」そして、彼女はきっぱりとした口調でつけ加えた。

「来週の金曜日から始めるわ」

4

「それで、ワイルドで刺激的な金曜日の夜はどうだった？　すべて君の期待どおりだったかい？」

ケインは仕事の指示を出しおえると、革張りの椅子に深くもたれてほほえんだ。二人はいつものように彼のオフィスでコーヒーを飲みながら、朝一番の日課をこなしていた。ケインがファイルにざっと目を通し、その日の仕事を具体的に指示するのだ。会社に来る途中、シャノンはいつのまにかその三十分間を心待ちにするようになっていた。不思議なことに、朝の打ち合わせのおかげで一日を元気で過ごせるような気がした。

シャノンはデスクの上のファイルを集め、膝に置いた。

「なかなかおもしろかったわ」八時にみんなと待ち合わせてお酒を飲んだパブを思い出しながら、シャノンは嘘《うそ》をついた。そのあとソーホーにあるナイトクラブに行ったのだが、そこはひどく狭苦しくて音楽がうるさかった。空気は煙たく、客はみんな奇抜な服に身を包んだ二十歳前の若者ばかりだった。

「おもしろかった、か。どこに行ったんだい？」

ケイン・リンドレーが知るはずもないと思いつつ、シャノンは騒々しい若者たちが集まっていたナイトクラブの名前をあげた。

「あのクラブに行ったのかい？」ケインがぞっとしたように言ったので、シャノンは腹が立った。「君は知らないだろうが、あのクラブでは違法のドラッグが取り引きされているという話だ。新しく人と知り合うのにいい場所とは言えないな。まだ髭《ひげ》をそる必要もない少年たちとの出会いに興味があるなら話は別だがね！　君のお母さんはなんて言うだろうな」

「母はロンドンにはいないの！」シャノンは冷たく言い返した。「だから母にはなにも言われないわ。それにしても」ケインに鋭い視線を向けたまま、彼女は続けた。「どうしてあなたがあのクラブを知っているの？　まさか、週末に出かけて浮かれ騒いでいるなんて言わないでちょうだいね！」

「どうしてそうしたらいけないんだい？　僕がラガービールを飲んで、十八歳の女の子とダンスフロアでくるくるまわっている姿は想像できないかい？」

一晩で腕が五本、足が三本急に生えてしまった自分の姿を想像するほうがまだ簡単だと、シャノンは思った。ケインが人前で品のないふるまいをするなんて、絶対に考えられない。もちろん、人目につかないところでも同じだろう。彼も自制心を失うことがあるのだろうかと、シャノンはいぶかった。

「正直言って想像できないわ」シャノンは膝の上ですばやくファイルを揃《そろ》え、そろそろ自分のオフィスに戻るようにとケインが合図するのを待ったが、彼は笑みを浮かべたままこちらを見ているだけだった。

「そうかもしれないな」ケインは低い声で愉快そうに言った。「十八歳の女の子が僕の興味を引くはずがない。それに、僕は激しく体を動かしても他人にぶつからない踊り方を心得ているからね」

その声の調子からしてケインがどんな踊り方を思い浮かべているのかは明らかで、シャノンはかすかに動揺した。ダンスフロアで踊る彼の姿を想像してみる。たくましい両腕を女性にまわし、体をエロチックに彼女に押しつけている彼の姿を。女性の髪に手を差し入れて顔を埋《うず》めたときには、あの鉄のような自制心も消え失《う》せるのだろうか。

シャノンは息苦しくなり、もう一度ファイルを整えた。

途方もない考えがふと頭をよぎる。ケインの礼儀正しさの下には、荒々しく危険な一面が隠されているのではないだろうか。

「君はどうだい？」ケインに尋ねられ、シャノンは混乱した表情で彼を見つめた。

「なんのこと？」

「君はそういう踊り方を知っているのかな？」

「ええ、もちろんよ」シャノンは歯切れよく答えた。「フォックストロットなんてかなり楽しいと思うわ。それに、アイルランドのダンスもね。あんなにカロリーを消費するダンスはないもの」

ケインは声をあげて皮肉っぽく笑い、軽い口調で言った。「カロリー消費については、僕はもっといい方法を知っているよ。それより、エレノアのことだが」シャノンが自分の考えを声高に主張しはじめる前に話題を変えようとして、ケインは言った。「かなり君のことが気に入っているみたいだ。君は楽しい人だと言ってるよ。君のほうはどうだい？　君が移動が大変なんじゃないか？　僕の家を出るころには真っ暗になっているだろうし、重い足を引きずって地下鉄に乗り、フラットに帰っていると思うと気がとがめるんだ」

「私は大丈夫よ」地下鉄の駅からフラットまでの真っ暗でひとけのない道を思い浮かべながら、シャノンは明るい口調で言った。

彼女の部屋はヴィクトリア朝の一軒家をいくつかのフラットに改築した建物だ。その家は木の多い住宅地区にあるのだが、お世辞にも住みやすい場所とは言えなかった。昼間は人がたくさん歩いているので問題ないが、夜、一人で歩いているときは、何度か道路に反響する自分の足音が怖くなって小走りで帰ったこともある。「運動は好きだもの」シャノンは弱々しく嘘をついた。「それに、新鮮な空気も吸えるし」

「車で送らせることもできるんだよ」

「とんでもない！」ケインにはもうすでに仕事を与えてもらったという恩義があるし、ほかで働くよりはるかに高い給料をもらっているのは確かだ。それに、楽しみながら子供の面倒をみていることでシャノンの収入はさらに増えていた。帰り道のことまで彼に気を配ってもらう必要はない。「とてもありがたい話だけれど、結構よ」

「どうしてだい？」

「それは……私の予定が狂ってしまうからよ」

「予定って？」

「あなたの家を出たあと、どこか別の場所に行く予定よ！」シャノンはそう言いながら、必死に頭を働かせた。寂しい部屋にまっすぐ帰らずにどこかに出かけたことなど、最近あっただろうか。

「僕の家を出たあと、毎晩九時からあちこちのクラブをまわっているのかい？　それは大変だな。そんなことをしていて、きちんと朝起きて仕事に来られるのかい？」

「私生活が仕事に影響を及ぼすことはないわ」シャノンは即座に言ったが、それは説得力にかける言葉だった。

「エリック・ガルウェイとつき合ったせいで仕事をやめてアイルランドを飛び出したくせに、よくもそんなことが言えるものだな」

なんて卑怯《ひきょう》なことを言うのだろうと、シャノンは思った。ふいにきまり悪そうに顔を赤らめたところを見ると、ケイン自身もそう思ったらしい。

「だからこそ、仕事と私生活がお互いに悪い影響を及ぼさないように気をつけているのよ」シャノンは言い返した。「さあ、もういいかしら?」彼女が事務的に首を傾けると、ケインがにやりとして目を伏せた。

「さしあたってはね」ケインは言った。あの瞳には悪意がこもっていると、シャノンは思った。あっという間にいつものように仕事熱心で、表情を読むのがむずかしい彼に戻っていた。「もうすぐデニス・クラークと会計士が来ることになっている。コーヒーを用意しておいてもらえるかな?」

「わかりました、社長」シャノンは素直に言った。「ほかのものはよろしいですか? ビスケットなんかどうかしら? カフェテリアからなにか持ってきますわ」秘書の役割をおおげさに演じながら、彼女は安全地帯である自分のオフィスに戻った。そして、ケイン・リンドレーのことを頭から消し去り、コンピューターに向かってひたすら仕事を片づけていった。

ランチタイムまで、シャノンは秘書としての役割を完璧《かんぺき》に果たした。同席してメモをとるように言われた会議が長引き、彼女がカフェテリアに駆けこんだのは一時を過ぎていた。シャノンはスープにパン、果物を少々、そしてコーヒーを一杯頼んだ。これだけあれば午後は乗り切れるだろう。がらんとしたカフェテリアのテーブルの一つに座りながら、彼女は考えをめぐらせた。会社での仕事のあと養育係《ナニー》を引き受けると承諾したときは、とても簡単なことのように思えた。ケインの生活に深く入りこむことが自分の幸せをおびやかすなんて、知るよしもなかった。エレノアの面倒をみるのはとても楽しいが、彼女は大好きな父親についてシャノンにあれこれ話して聞かせる。放課後の女の子同士のようにエレノアとおしゃべりをしていると、ケインの魅力的な人柄が次々と明らかになり、シャノンはいつのまにかその断片をつなぎ合わせている自分に気づくのだった。

実際のところ、ケインがこれまで家に連れてきた女性たちは頭の軽いブロンド美人などではなく、エレノアの言葉で言うと〝退屈でよそよそしい〟女性ばかりだったらしい。きっと彼女たちはキャリアウーマンで、八歳の子供にどう接していいかわからなかったのだろう。そもそもケインが女性を家に連れてくるのは、キャリーにせかされてのことらしかった。キャリーにお節介をやかれるよりは、彼女に自由な時間を与えてやるほうがいいとケインも考えたのだろう。

「どうしてそう思うの？」シャノンは笑いながらエレノアに尋ねた。

「だってそうなんだもの」エレノアは冷酷に答えた。「パパがそばにいるとくすくす笑って、いろんな理由をつけては遅くまで家に残りたがるの」

シャノンはエレノアの話から、ケインがめったに休みを取らず、取ったとしても常にオフィスと連絡を取り合っていることを知った。

そんなことを思い出しながら、シャノンはスープを飲み、カフェテリアでくつろいでいた。すると背後から聞き覚えのある声がした。「ご一緒してもいいかな?」ケインはシャノンが答える前に向かい側の椅子に腰を下ろし、サラダと水ののったトレイを置いた。

「こんなところでなにをしてるの?」シャノンはあたりを神経質に見まわしてつぶやき、顔見知りの社員がカフェテリアにいないのを確かめてほっとした。自分がたくさんの女性社員たちの憧《あこが》れの的になっていることに、ケインは気づいていないのだろうか。二人でランチをとっているところを目撃され、みんなの好奇心をかわすはめになるのはごめんだとシャノンは思った。

「ランチをとっているのさ」ケインはサラダを口に運ぶ手をとめ、穏やかに言った。

「ここで?」

「会社でどんなことが起きているか知りたければ、ここでときどき食事をしたほうがいいと言ったのは君だろう」ケインはそつのない笑みを浮かべた。「話題になりそうな人物は、一人も見当たらないがね」彼は残念そうに言った。「きっとタイミングが悪かったんだな。おや、君はスープを飲んでいないね。それ以上やせたら消えてなくなってしまうよ。ほら、しっかり食べて」

シャノンはしぶしぶスープを一口飲んだ。その間、ケインはサラダに入っていた海老《えび》をフォークで突き刺し、熱心に料理を褒めた。そして最後に、もっと混雑している時間帯にときおりカフェテリアを利用してみようと言った。

「だめよ！」シャノンは甲高い声で叫んだ。

「どうしてだい？」謎《なぞ》めいた光の浮かんだケインの黒い瞳を見て、シャノンの中に疑いがわき起こった。彼は無邪気なふうを装って返事を引き出そうとしているが、私はそんな手にのるつもりはない。シャノンはスープをこぼさないように急いで口に運びながら、仕事について早口で話しはじめた。

　ファイルの管理方法のことからコンピューターのプログラムに至るまで、シャノンはあらゆることを話題にして五分間の独演会を終えた。するとケインは穏やかな表情で彼女を見つめたまま言った。

「君は少し神経質になっているようだね。僕がランチを一緒にとったことで、君を動揺させてしまったかな？」

「どうして私があなたに動揺するの？」

　ケインは広い肩をすくめて食事を続けた。こんな張りつめた沈黙の中でも、彼はくつろいだ気分でいるらしい。シャノンは確かにそんな気分ではなかった。いったい私はどうしてしまったのだろう？　あらゆる話題を持ち出し、わめきたてている自分の声が聞こえる。ついに言葉が尽きたとき、ケインにクリスマスのことを尋ねられてシャノンは驚いた。

「クリスマス？　それがどうかしたの？」シャノンは困惑して尋ねた。

「君がどうやって過ごすつもりなのかと思ったんだ。アイルランドに帰るのかい？　それともここに残るのかな？　もし君にとくに予定がないなら、エレノアが僕たちと一緒にクリスマスを過ごしてほしいと言っているんだ」

僕たちと一緒にクリスマスを過ごしてほしいですって？　ケインは本気で私のことを哀れんでいるんだわ！　幸いクリスマスは家族のもとに帰るとすでに決めていたので、シャノンは嘘をつかずに彼の申し出を断ることができた。

「とても楽しそうね」シャノンはわざとらしい口調で言った。「でも、クリスマスにはアイルランドに帰ると母に言ってあるの。私の家族はクリスマスを離れ離れで過ごしたことがないのよ。本当に残念だけど。もしよければ、エレノアには私から説明しておくわ」

「いや、僕から話すよ。もちろん、あの子はがっかりするだろうが」

「お祖父《じい》さんやお祖母《ばあ》さんはいないの？　おばさんやいとこは？」

「僕たちは小さな家族なんだ。君の家族とは正反対さ。さあ、仕事に戻るとしようか。今はさぼりたい気分だが」ケインはそう言って含み笑いをした。

シャノンは彼の言葉に驚いた。「あなたがさぼるなんて、想像もつかないわ」

「僕がするとは思えないことが、君にはたくさんあるらしいね」ケインは指を折りながら言った。「仕事をさぼること、ダンスフロアでくるくるまわること、ランチをとること……。逆に君がするとは信じられないと僕が思っていることを知りたいかい？」

「いいえ、結構よ」話題が急に自分に向いたことに動揺し、シャノンはあわてて言った。

するとケインは、そんな彼女の反応を予期していたかのように声をあげて笑った。人の心を読めるわけではないだろうが、ケインには私の反応を予知する能力があるらしい。シャノンは少しいらだった。彼は人の性格を見抜く鋭い洞察力の持ち主なのだろうか？　あるいは、シャノンの性格が平凡でわかりやすいから、まるで本を読むように考えが読み取れてしまうのだろうか？

「私はただ」シャノンは冷たくケインに告げた。「あなたが仕事をさぼってどんなことをするのか想像がつかなかっただけよ。公園に行って家鴨《あひる》に餌《えさ》でもあげるの？　こっそり午後の映画でも見に行くの？　それとも、一番近いファーストフード店に行って、おなかいっぱいハンバーガーを食べるのかしら？」

「公園に行くというのはいいアイデアだな」ケインはシャノンの刺々《とげとげ》しい口調にひるむことなくゆっくりと言い、立ちあがって彼女が席を立つのを待った。それから二人は一緒にエレベーターまで歩いていった。シャノンは魔術師の帽子からぱっと飛び出る兎《うさぎ》のように、顔見知りのだれかがふいに目の前に現れるのではないかと心配になって周囲を見まわしていた。「公園か……」

「外は凍りつきそうなくらい寒いわよ」シャノンはわざとらしく指摘した。

「確かにそのとおりだな。だったら、どこかのキャビンに出かけて燃えさかる暖炉の前で過ごそうか」

その光景を思い浮かべると背中に震えが走り、シャノンの想像はまたしても立入禁止区域にまで広がっていった。

「そういうことのために仕事をさぼる人がいるとは思わなかったわ」ケインがエレベーターのボタンを押すのを見ながら、シャノンは言った。「とにかく、休みを取ってエレノアと一緒にどこかに出かけてみたらどう？」

やがてエレベーターが到着し、二人は中に乗りこんだ。ドアが閉まった瞬間、シャノンは閉所恐怖症にかかったように恐怖を覚えた。無意識のうちに背中をうしろの壁に押しつけ、すぐ隣にいる男性を強く意識しながらも正面をじっと見つめていた。

「いつでも足りないと感じるもの、それが時間だ」ケインはそっけなく言った。

「憂鬱《ゆううつ》な碑文みたいね」シャノンは軽い口調で言った。「なにか解決策をさぐってみましょうよ。実は、二週間後にエレノアの学校で学芸会があるそうなの。授業が終わってから劇を上演するんですって。あなたが見に行くと言ったら、きっとエレノアは大喜びするわ」

エレベーターがようやく二人のオフィスのあるフロアに到着した。ドアが開くとケインが片側に寄ったので、シャノンはすばやく降りることができた。エレベーターを出たので閉じこめられたような恐怖感も消え、不安定だった呼吸もふつうに戻った。

「君はエレノアの学芸会を見に行くつもりだったのかい？」ケインが尋ねたので、シャノンは顔を赤らめた。

「午後だけ休みを取ろうと思っていたの」シャノンは正直に言った。「せっかく劇に出るのに家族や友達がだれも見に来てくれないと思ったら、なんだか胸が痛んで。八歳の子供は、学芸会みたいなものにすごく興奮するのよ」

「エレノアは話そうとしないが、ほかにどんなことに興奮しているんだい？」

ケインより二十センチ以上背の低いシャノンは、きびきびと歩かないと彼に置いていかれそうになった。だから、オフィスに戻ったときには彼女はかすかに息切れしていた。

シャノンは曖昧《あいまい》に肩をすくめ、まじめな秘書の顔を装って席についた。ところが、ケインが立ち去らずにシャノンの椅子をくるりとまわしたので、彼女はまともに彼と向き合うことになった。ケインの手は椅子の両わきをしっかりとつかんでいる。今のこの状態に比べれば、さっきのエレベーターの中での数分間なんて広々とした田園を走りまわっているようなものだったと、シャノンは思った。

「僕の質問に答えたくないのかい？」シャノンを圧倒するように立ち、ケインは問いつめた。彼のネクタイがシャノンのブラウスをかすめている。

「あら、とりとめのないことよ。エレノアは学芸会の劇の重要な役に選ばれたそうなの。自分にはせりふがあるけれど、クラスで一番おしゃべりなジョディは駱駝《らくだ》の役になったとすごく興奮して話していたわ」シャノンはにっこりした。「それに、算数の成績がとてもいいことや、おととい下級生たちの集会で自分の詩が朗読されたことにもとても興奮していたわ」

娘のすばらしい活躍を並べたてられ、ケインは当惑したようだった。

「神が与えてくださった一日を、仕事ばかりして過ごさなくてはならないのは僕の責任じゃない」まるでシャノンが自分の親としてのふるまいを非難したかのように、ケインは荒々しく抗議した。良心がとがめている証拠だとシャノンは思った。まあ、そう感じるのも当然だろうけれど。

「実際、それはあなたの責任だと思うわ。エレノアのために、これまでだってもっと時間を割いてあげられたはずだもの。週末のことは持ち出さないでちょうだいね。どのみち、日曜日はずっと仕事の電話をしているんだから！」

「週末に仕事の電話をしているだって？」ケインは唾《つば》を飛ばして反論した。

「そうよ」シャノンはすまして言った。「エレノアが教えてくれたの。女の子同士のおしゃべりをしているときにね。私がなんとかスケジュールを調整するから、学芸会を見に行ってくれるでしょう？　さっきも言ったとおり、あなたが来てくれたらエレノアは大喜びするわ」

ケインはシャノンの椅子から離れ、さぐるように彼女を見た。「ここまで聞いたからには、見に行かないわけにはいかないな」両手をポケットに突っこみ、彼は満足げな笑みを浮かべてつけ加えた。「それに、君を行かせないわけにもいかない。君は初めから見に行くと決めていたんだからね。ほんの数時間僕たちが留守にしても、この巨大な会社はなんの問題もないだろう。エレノアの劇を見て、そのあと食事に行こう。いいね?」なんの策略もないことをほのめかす、いつものあの笑みを浮かべてケインは言った。

一週間後、シャノンはより深い罠《わな》に落ちたように感じて絶望的な気持ちになっていた。自分で仕掛けた罠にはまってしまったようだ。だが、抗議することもできない。なぜならシャノンのアドバイスを実行に移し、もっと頻繁に娘と顔を合わせようというケインの決意はおおいに望ましいものだったからだ。少なくとも、エレノアに関する限りは。こんなに多くの時間を父親と一緒に過ごしたことなど、エレノアは今までなかったに違いない。シャノンはいったん五時にケインと別れて彼の家に行き、六時半に玄関で娘からおおげさな歓迎を受ける彼に再会した。だが、それよりもさらにシャノンの精神状態を不安定にしたのは、ケインがいつも夕食に誘うことだった。

「君が一緒にいてくれると、エレノアがすごく喜ぶんだ」急いで帰宅してきた最初の日の夜、ケインは困ったようにシャノンに告げた。「あの子は君を家族の一員のように思っているらしい」

「でも、私はあなたの家族の一員じゃないわ!」シャノンは両手を腰に当て、力強く言い切った。ジャケットを脱ぎ、ネクタイを引っぱってはずしているケインをにらみつけて。

「私にはちゃんと自分の家族がいるもの！」
「でも、ロンドンにはいないだろう？」ケインはすまして言った。
「私は家族のかわりなんて求めてないわ！」
「僕だって君の家族のかわりをするつもりはない。ただ、エレノアにとってはとても重要なことだと言っているんだ。エレノアにとって重要なことは、僕にとっても重要だからね」

その一言で、シャノンは口をつぐんだ。ケインは心からそう思っているらしい。だが、疑《うたぐ》り深いシャノンは、彼の言葉は自分が欲しいものを手に入れるための巧妙な手口ではないだろうかと思った。私がそばにいるほうがケインが気楽でいられるのは確かだ。私がいれば、エレノアが学校のことやその日の出来事をまくしたてている間、ケインはリラックスして一杯飲んでいられる。私たちがゲームをしているのを黙って見守り、二人であれこれ意見を出し合って夕食を作っている間も、ケインはキッチンのテーブルで新聞を読みながらときおり会話に加わっていればいいのだ。

そんな家庭的な生活はシャノンを不安にした。だが、不安になる理由を深く掘りさげようとすると、いつも決まって高い壁に突き当たるのだった。

今、シャノンは地下鉄に乗って自分のフラットに戻る準備をしていた。コートをはおりながら、彼女は思わず非難のこもった目でケインを見あげた。

玄関までシャノンを見送ってきたケインは、彼女がこれから暗い夜道をフラットまで帰ると思うといたたまれないとつぶやいてから尋ねた。「なんだい？」

「なにも言ってないわ」

「言う必要なんかないさ。君はまるで、今にも僕の足に噛《か》みつこうとしている小さなブルテリアみたいだ」

「私は小さなブルテリアなんかじゃないし、そんなことをするほど子供でもないわ」シャノンは歯噛みして言った。

「そんなふうに編んだ髪をうしろに垂らしていると子供みたいだよ」ケインがそう言ってじっと自分を見つめたので、シャノンは背中に震えが走るのを感じ、玄関のドアにぶつかるまでじりじりとあとずさった。

「とにかく、私はもう帰るわ」

「フラットまでどれくらいかかるんだい？」

「三十分くらいかしら」これ以上ドアに強く体を押しつけたら外に飛び出してしまうだろう。だが、シャノンはすぐ近くにいるケインに脅威を覚えると同時に、胸の高鳴りも感じていた。

しかしケインはあとずさって言った。「そうか。では、また明日。本当に車で送らせなくていいんだね？」シャノンが口ごもりながら断ると、ケインは続けた。「明日は仕事のあとここに来る必要はないよ。帰りが遅くなりそうだから、キャリーに泊まってもらうことにしたんだ。君は自分の社交生活を取り戻してくれ。ここで過ごしているぶん、そういう時間がだいぶ減ってしまっただろうから」

「そんなことないわ。前にも言ったとおり、ここを出てからでも十分遊びに行けるもの！」

シャノンはしだいにその心地よさに慣れつつある家庭生活——しかし、決して許されることのない家庭生活が取りあげられてしまうことに、理不尽にもがっかりしていた。こんな反応を示してはいけない。そう思った彼女は、とっさに仕事が終わってから同僚の女性たちとパブに行こうと思いついた。もう家で過ごすのが好きだなんて言ってはいられない。

シャノンは目の前に並んでいるさまざまな選択肢について考えをめぐらし、大胆にも言った。「ちょうどよかったわ。明日は会社の女の子たちとパブに出かけるつもりなの。たぶんそのあとはナイトクラブに——」

「ナイトクラブに行くのかい？　火曜日なのに？」

「そうよ！」シャノンはそっけなく言い返した。「夜明けまでパーティをしていたって平気だわ！」

シャノンは挑むようにケインを見た。そして、彼が先に目をそらして礼儀正しく玄関のドアを開けてくれたとき、自分が勝利をおさめたと感じた。

「若くて気苦労がないのは幸せなことだ」ケインはそつのない口調で言ったが、彼の笑顔はその言葉が心にもないものであることを物語っていた。

「ええ、私もそう思うわ！」シャノンはそっけなく言い返した。「さあ、もういいかしら……？」

しかし翌日、シャノンは自分が本当にケインに勝利をおさめたのかどうか自信がなくなっていた。楽しみにしていたはずのパブに行く計画もあまり魅力的に感じられず、心の中からはこんな意地の悪い声が聞こえていた。

〝エレノアの面倒をみながらケインが帰ってくるのを待っているのに比べたら、パブに出かけるなんてちっとも楽しくないじゃないの〟

八時半になると、シャノンは無意識のうちに腕時計を気にしている自分に気づいた。このままグラスを揺らしているより、一気に飲みほしてなにか口実を作り、早くフラットに帰ろう。

近ごろは日が暮れるのが早く、午後四時を過ぎると真っ暗になってしまう。まして九時ともなれば、あたりはシベリアの道を歩いているのかと思うほど暗く寒い。強い風が絶え間なく吹きつけ、シャノンは耳や顔、それに指までしびれてきた。

地下鉄の駅からフラットまでは十五分ほどの道のりだ。シャノンは少しでも寒さをしのごうと、両腕で体をしっかりと抱き締めた。早足で歩けば、十分ほどで家に着けるだろう。

アイルランドを離れようと決心し、別の人生を求めてロンドンへ旅立ったとき、外国に行くこともできたのだという思いがふと心をよぎった。そう、どこか暖かいところへ。夜八時まで太陽が照っているような場所で、ナニーの仕事を見つけることもできたのだ。イタリアのリヴィエラなんてすてきだったかもしれない。イタリア語を勉強しなければならないだろうが、昼間は暖かく、夜は映画スターのように華やかにあちこちへ出かける生活を送れるなら、それくらいは我慢できる。

そんな想像をめぐらせながら、シャノンはいい気分でフラットにたどり着いた。息を切らして三階まで上がり、古びたドアの前に立つ。早くストーブをつけてゆっくり体を温めよう。

部屋が十分温まってリラックスできるようになるころには、九時半をまわっていた。シャノンはシャワーを浴び、年配の女性が着るようなフランネルのナイトドレスに着替えてふかふかの寝室用スリッパをはいた。食べるものはなにもなかったが、マグカップ一杯のホットチョコレートより手間のかかるものを作る気にはなれなかった。しかも、それは面倒くさいからという理由だけではなかった。困ったことに、シャノンはエレノアと一緒に作る温かい料理に慣れてしまっていたのだ。

テレビをつけてぼんやりニュースを見ていたとき、ドアをノックする音がした。三回、それも大きな音で。いったいだれなのか、シャノンはまったく見当がつかなかった。同じ建物に住むだれかを訪ねてきた酔っぱらいが間違ってこの部屋のドアにぶつかっただけなら、出ていくこともない。シャノンは足を折って座ったまま、両手でマグカップを持ってじっとしていた。だれだか知らないけれど、早く目当ての部屋に行ってくれないかしら。

しかし、ノックはやまず、しだいに大きな音になってきた。ついにシャノンはドアに駆け寄り、勢いよくドアを開けた。正確には、ドアのチェーンをつけたままほんの数センチ開けただけだったが。

「中に入れてくれないか?」ケインが言った。

シャノンは身動き一つできなかった。あまりに驚いて、彼をまともに見ることさえできなかった。「エレノアはどうしたの? あなたはこんなところでなにをしているの?」

「エレノアはキャリーがみてくれている。中に入れてくれないか?」

「私がここに住んでいるって、どうしてわかったの?」

「その質問にも、ほかの質問にも答えるよ。このドアを開けて中に入れてくれたらすぐにね」

5

「ちょっと待って」ケインがまた口を開く前にシャノンは彼の鼻先でばたんとドアを閉め、あわててバスローブを取りに行った。

数秒後、シャノンはバスローブをしっかり体に巻きつけて再びドアの前に立った。去年のクリスマス、弟からプレゼントされた寝室用のスリッパをはいたまま。

「いいわ、入って」シャノンはしぶしぶ言い、ドアのチェーンをはずしてケインを中に招き入れた。

彼が部屋の奥に進むのを見ながら、シャノンはドアにもたれて尋ねた。

「どうして私の住所がわかったの?」

ケインはとても背が高いので、フラットがマッチ箱のように小さく感じられた。彼の男らしい香りと外のひんやりした空気、そしてアフターシェーブローションの残り香が混じり合ったなんとも言えない香りが、シャノンの鼻孔に広がった。

「僕はなんでも知っているのさ、レッド。まだ気づいていなかったのかい?」ケインはにっこり笑った。「実を言うと、君の個人ファイルを見たんだ。こういう役に立つ情報を手に入れるために、あのファイルがあるんだよ。さあ、そんなところに突っ立っていないで、なにか飲み物でもいれてくれないか？」

「もう夜も遅いわ。それに、私はとても疲れているの」

「君は夜明けまでパーティをしていても平気だと言っていなかったかな」ケインはシャノンのつまらない言い訳を持ち出して指摘した。「コートを脱いでもいいかい？」

シャノンが答えずに肩をすくめると、ケインはトレンチコートを脱いで、二つある椅子の片方にかけた。

「おや、ホットチョコレートだね」テーブルの上の飲みかけのカップをのぞきこみ、ケインは言った。「ホットチョコレートなんてずいぶん飲んでいないな。子供のころは大好きだったんだが。一杯もらえるとありがたい」彼はゆっくりとほほえんだ。シャノンはしぶしぶドアから離れて彼の前を通り過ぎながら、座ってくつろいでいてちょうだいとつぶやいた。

数分後、シャノンがホットチョコレートのマグカップを持って戻ってくると、ケインは厚かましくもずらりと並んだ家族のスナップ写真をじっと眺めていた。彼女がこのアパートに越してきたとき、最初に飾ったのが家族の写真だった。

「これはだれだい？」ケインが額縁に入った写真を片手に持って尋ねた。

「私の家族よ」マグカップを渡すとすぐにケインから離れ、シャノンは言った。「きょうだいか。彼らの名前は？」

そういうわけで、シャノンはケインのそばに近づいて写真を指さし、一番上のショーンから末っ子のブライアンまで全員の名前を教えなくてはならなかった。話している間、彼女は頭の上にホットチョコレートをすすっているケインの吐息を感じていた。シャノンの説明が終わるとケインは額縁を元どおり棚の上に戻したが、まだ写真を見つめたまま、彼らが今どこにいて、なにをしているのかと尋ねた。

「きょうだいで仲がいいんだね。だから君は、エレノアにも自然に接することができるんだろうな。皆と一緒に過ごすことに慣れて育ってきたから。君のお父さんはなにをしているんだい？」

「父は数年前に亡くなったの」

「それはお気の毒だった」ケインは静かに言った。そしてうしろに下がったが、おとなしく椅子に座ろうとはしなかった。もしそうしてくれれば、こんな時間に訪ねてくるなんてどういうつもりなのかと問いつめることもできたが、彼は家の中をぐるりと見まわし、キッチンまで点検しているようだ。しばらくしてから、彼は眉をひそめて言った。

「寝室はどこだい？」

「なんですって？」シャノンはパニックに陥って尋ねた。「どうして寝室がどこにあるかなんて知りたいの？」

「僕はベッドを見せてくれと言ってるわけじゃない。寝室はどこかときいただけだ」ケインは部屋の隅に置いてある椅子を疑わしげに見た。自分の体重に耐えられるだろうかといぶかっていたようだが、やがて慎重に腰を下ろした。

「寝室なんかないわ。実を言うと、このソファがベッドになるの。寝る前にその上にシーツを広げて、クッションを枕《まくら》がわりに使うのよ。寝心地はなかなかいいわ」

「君は椅子の上で眠っているのかい？」

「ソファよ」自分の住まいをばかにするようなケインの口調に怒りを覚え、シャノンは訂正した。

「君が引っ越せるくらいの給料は十分に払っていると思うが。どこかもっと……」

ケインはあたりを見まわし、できるだけ失礼にならない言葉をさがしているようだった。

「広いところへ」

「ロンドンでは住む場所を見つけるのがとてもむずかしいわ」シャノンは言った。「最初にこの部屋が見つかっただけでも幸運だったのよ。それより、そんな質問で私の気をそらさないでちょうだい。あなたこそ、ここへなにをしに来たの？」

「近くまで来たから、ついでに……」

「ちょっと寄って、コーヒーでも飲みながらおしゃべりでもしようと思ったの？」

「いや、本当は違う。地下鉄の駅から君のフラットまでどのくらい距離があるのか、車で見に来てみたんだ」

シャノンはいらだたしげにため息をついた。

「それに、君がどんな地区に住んでいるかも見ておきたかったからね」

「自分の世話もろくにできない子供みたいに私を扱うのは、もうやめてもらえないかしら?」ずっと立ったままだったことに気づき、シャノンはソファに座って腕組みをした。

「もし自分の娘がこんな家に住んでいると知ったら、僕はぞっとするよ。お母さんは君がどういうところに住んでいるか知ってるのかい?」ケインが鋭い口調で尋ねたので、シャノンは少しきまりが悪くなった。

「もちろん、知っているわ」シャノンは嘘《うそ》をついた。だが、それはあまりに事実とかけ離れた言葉だったので修正を加えた。「あまり広いところに住んでいないってことはね」

彼女はうしろめたい気分だった。実際のところ、母は私が小さいながらも居心地のいい家に住んでいると思っている。ちょうど家族の住む家を小さくしたような家、部屋がいくつかある温かい雰囲気の家に。だが、現実に娘が住んでいるのはロンドンのはずれにある狭苦しい古いフラットだと知ったら、母は心臓麻痺《まひ》を起こしかねない。

「君は自分の経済力に見合った暮らしをしているというわけか」

「そうせざるをえなかったのよ」シャノンは言い訳がましくつぶやいた。しかし、ケインがなにも言わずに黙っているので、つい口をすべらせた。「ねえ、私はまだ食事もすませていないの。だからそろそろ帰ってもらえないかしら？　疲れているし、おなかはすいてるし、とても言い争う気分じゃないの」

「どうしてまだ食事をしていないんだい？」

「パブであんまり楽しい時間を過ごしていたから、食事のことなんか忘れてたのよ！」

「やれやれ、だったら一緒に空腹をなんとかしなくてはならないな」ケインがそう言って立ちあがったので、シャノンも急いであとを追った。

「一緒になんとかするってどういうこと？」

ケインは戸棚の中を調べてから、冷蔵庫を開けて批判的なまなざしを向けた。「食料はあまり入っていないようだね？」

「いけないかしら？」シャノンはケインの背中に向かって強い口調で言い、彼を押しのけて冷蔵庫のドアをばたんと閉めた。「このところ、買い物をするのをちょっと忘れていたのよ」シャノンは傲慢《ごうまん》な口調で言った。そのまま数秒間、楽しげに自分を見ているケインと目を合わせていたが、やがて視線をそらしてつけ加えた。「私は食べ物に取りつかれている人たちとは違うの」

「冷蔵庫に三種類以上の食料が入っているからといって、僕はそういう人たちを〝食べ物に取りつかれている〟とは呼ばないがね」ケインはつぶやいた。「さあ、早く着替えてくるんだ、レッド。急いで出かけてなにかおなかに入れてこよう。なんなら、君が着替える間、うしろを向いていてあげるよ」彼の偉そうな言葉を聞き、シャノンは鼻を鳴らした。

「わかった。じゃあ、うしろを向くのはやめよう」ケインはそう言って、シャノンの足元から上に向かってゆっくりと視線を這《は》わせていった。

全身の神経に震えが走るのを感じ、シャノンはつぶやいた。「あなたが帰ってくれればすむことでしょう」

「君が着替えるのをここに立って見ていられるチャンスなのに、僕が帰るはずないだろう?」ケインは怒りのあまり真っ赤になっているシャノンにほほえみかけた。彼女は背中にそそがれている好奇心に満ちた視線を意識しながら、小さな衣装だんすに近づいてその扉を開けた。そして一番初めにつかんだ服を取り出し、急いでバスルームに飛びこんでうしろ手に鍵《かぎ》をかけた。「鍵をかけることはないだろう」ドアのすぐそばでケインの声がした。「僕を信用していないのかい?」

「あなただって男でしょう?」シャノンは言い返した。身をくねらせてローブを脱ぎ、ジーンズとグリーンの長袖《そで》のセーター、厚手の靴下を身につける。

「解放されたフェミニストのようなそんな言葉を聞いても、僕はどういうわけか、その裏に救いがたいほどロマンチストの女性が隠れているように感じるんだ」

シャノンがドアを勢いよく開けると、予想どおりケインがすぐそばに立っていた。「それはあなたが私のことをわかっていないからでしょう?」

ケインはドアの裏側のフックにかかったコートを見つけ、答えるかわりにシャノンに差し出した。ほんの一瞬、彼の指が腕をかすめただけなのに、シャノンはなぜか個人的な領域に踏みこまれたような気分になってあわててあとずさった。コートのボタンをとめている間に、急いで着替えたせいでブラジャーをつけ忘れたことに気がついた。胸が重く感じられ、セーターの生地に触れている胸の先端が痛む。そのとき、ふいにシャノンの頭にとんでもない考えが浮かんだ。私がノーブラだということに、ケインはきっと気づくだろう。彼の手がセーターの下にすべりこんでむき出しの胸をやさしく愛撫《あいぶ》し、張りつめた蕾《つぼみ》をさがし当てて指でもてあそぶ……。そんな場面を想像して、シャノンの体はかっと熱くなった。

「ふだん着の君もなかなか魅力的だな」玄関のドアを開けながら、ケインは言った。そしてシャノンが鍵をかけられるよう、礼儀正しくうしろに下がった。

「魅力的ですって? それはちょっとお世辞がすぎるんじゃないかしら?」

「魅力的だと言われるのがいやなのかい?」ケインは目を閉じた。「それならどんな言葉を使えばいいのかな? セクシーなんてどうだろう? うん、そのほうが合っているな。君のそばかすやクリーム色の肌、燃えるような赤い髪にはね。際立ってセクシーというわけじゃないが、控えめにセクシーだ。男物のシャツとジーンズを身につけた女性みたいに、本人にはそのつもりがなくてもあるまじき想像をかきたてる」

ケインの言葉を聞き、シャノンは体の力が抜けていくような気がして声を張りあげた。

「私があるまじき想像をかきたてるはずないでしょう」

「それじゃあ、このあるまじき想像は僕の胸にしまっておくとしよう」ケインの表情からは、その言葉が本気かどうかは読み取れなかった。だが、もちろん本気であるはずがない。シャノンは怒りを覚えつつそう思った。

「からかうのはやめてちょうだい！」

「君は異性に対して相当疑《うたぐ》り深いんだな」ケインは言い、シャノンのあとから狭い階段を下りてフラットの正面玄関に向かった。ロビーに着くと、彼はシャノンのためにドアを開けてくれた。「だが、驚くことはないさ。恋愛において一度でもつらい思いをしてしまうと、自分で考えている以上にその影響があとを引くものだからね」

「それは自分の経験に基づいた言葉かしら？」シャノンは皮肉をこめて尋ね、頭をつんと上げたままケインの前を通り過ぎた。

「いや、そういうわけでもない」ケインは答え、両手をポケットに突っこんで通りを歩きはじめた。風になびく彼のコートがシャノンの脚をかすめる。ほてった体を冷ましてくれるすがすがしい風に吹かれながら、二人は下を向いて歩いた。「ガルウェイは君に、僕を信じてくれと言ったんだろう？」ケインにそう尋ねられ、シャノンはよけいなことを話してしまった自分を蹴《け》とばしてやりたくなった。

「女性をベッドに連れていこうと考えているときは、男性はみんなそう言うんでしょう?」

「いや、そんなことはないさ」

「あなたは違うというの?」

「ああ、まったく違う」ケインはつぶやいた。「ほら、あっちに中華料理店があるよ。ためしに入ってみないか?」

「そうね」シャノンはしぶしぶ言った。「今まであんな店があるなんて全然気づかなかったわ。もっとも、この通りに来ることはほとんどないけれど」

「退屈だからかい?」

「私みたいに刺激を求める女性にとってはね」シャノンは生意気な口調で答えた。「見たところ、この通りにはパブやワインバー、それにはやりのクラブなんかはなさそうだもの」

ケインは我慢できないというように笑いだした。それを見て、シャノンも自分の意思に反して口元がゆるむのを感じた。

「ロンドンにはパブやワインバー、それにはやりのクラブしかないわけじゃないよ」ケインは指摘した。「劇場にオペラ、レストラン、アートギャラリー、博物館もある」

「それがどうしたの?」シャノンは軽い口調で言い返した。今夜は保護者ぶっているケインのゲームにつき合い、楽しむことにしよう。彼女はそう決心した。ケインがレストランのドアを開けてくれたので、シャノンは彼の前をすばやく通り過ぎた。

「それがどうしたのって、どういう意味だい?」

「つまり……」シャノンはコートを脱がせてもらい、小さなテーブルについた。「そうね、確かに劇場はあるわ」最初の選択肢をあげて指を折り、彼女は言った。「でも、劇場に通えるほどの余裕があったら、家と呼ぶにはほど遠い、あのひどい部屋から引っ越すお金だってあるはずでしょう?」

「じゃあ、君はあの家をひどい部屋だと認めるんだね」

「だからといって、そこで暮らすのがいやだと言ってるわけじゃないわ。そういうところが好きな人間だっているものよ」

「確かにそうだな」ケインはにっこりして、シャノンの話の続きを待った。

「オペラも同じよ。オペラの席を取ろうとしたら、お給料を何カ月分も貯金しなくちゃならないわ。そのうえ、私はオペラが大嫌いなの」

「オペラに行ったことはあるのかい?」

「ないわ。だからその問題は初めから片づいてるの。次はレストランだけど、私はレストランで働いていたから、そういう場所に行っても休みの日に仕事場にいるような気分になってしまうのよ」シャノンはさらに次の選択肢をあげた。「アートギャラリーや博物館は、きっと興味深い場所でしょうね。とても文化的で、洗練されていて。でも――」

「まさか、こう言うつもりじゃないだろうね。私はまだ若くて刺激を求めているから、文化的で洗練された場所に出かけている時間はない、だなんて」

「わかってくれてうれしいわ！」シャノンはいたずらっぽくつけ加えた。「年を取ってもっと成熟したら、そういうものに興味を持つときが来るかもしれないわね」シャノンはすましてケインにほほえみ、メニューをじっと見つめた。だが、一つ一つメニューを読んでいても仕方がないので、料理の注文はケインにまかせた。

「ねえ……」シャノンはテーブルに肘をついて身を乗り出した。「オペラや劇場や博物館やアートギャラリーなんかに行ってばかりで、たまにはナイトクラブの熱い興奮を味わいたいと思うことはないの？」

ケインは指で顎を撫《な》でながら考えこんだ。だが、もの思いにふけるようなその表情の下にユーモアがひそんでいるのは明らかだった。「ナイトクラブに熱い興奮なんてあるのかい？　僕はてっきり、騒がしい音楽が流れて酔っぱらった若者がいるだけだと思っていたよ」

「やっぱり！」シャノンは勝ち誇ったように叫んだ。

「なにが〝やっぱり〟なんだい？　ああ、わかった。僕が古くさい年寄りだっていうんだろう？　時代遅れの男だと。だが、僕だってたまにはなじみのクラブに行くこともある。君をがっかりさせて申し訳ないがね」ケインはウエーターがグラスにワインをそそぎやすいよう、椅子の背にもたれた。

「あなたがクラブに行くの？」ワインを水のようにがぶ飲みし、シャノンは見下したような笑みを浮かべて尋ねた。

「確かに、君が想像しているようなクラブとは違うかもしれないが」

「それじゃあ、どんなクラブなのかしら？」冷たい白ワインは最高においしかった。だが、シャノンは空腹だったので、アルコールが大動脈を通り、そのまま脳に流れこむような気がした。

「たいていはジャズクラブだよ」ケインはそう言って、からになったシャノンのグラスを満たした。

「ああ、ジャズクラブね。そういうところはあまり刺激的な場所じゃないんでしょう？　ゆったりした音楽を聴きながら、気のきいた会話をして……」

「一緒に行く相手にもよるよ」ケインはグラスを口元に持っていき、愉快そうにシャノンを見た。すると彼女の頬がかすかにピンク色に染まった。

「そんなものかしら」シャノンは荒々しい口調で言った。ケインがジャズクラブで女性と頬を寄せ合って踊っている姿を想像し、やきもきしている自分に気づいてひどく不愉快になった。少なくとも、私が彼のもとで働くようになってからは、彼の生活に女性の気配は感じられない。それに、平日の夜は以前より自宅で過ごす時間がだいぶ多くなったようだ。でも、それがどうしたというのだろう？　もしかしたら毎週末、彼は女性と一緒に過ごしているのかもしれない。

「ジャズクラブに行ったことはあるかい？」料理が運ばれてきて食事を始めるとすぐに、ケインが尋ねた。

「いいえ、あまり」シャノンは器用に箸《はし》を使い、カシューナッツとチキンの炒《いた》め物とヌードルを皿に取った。ワインのせいで気分はよくなったが、めまいがしてきたので、料理を食べれば少しは酔いが消えるかもしれないと彼女は思った。

「それはどういう意味だい？」

「行ったことはないという意味よ」

「まったく、信じられないな。ジャズクラブにもオペラにも行ったことがない、文化的なものをまったく味わったことがないだなんて」

「正直なところ、ジャズクラブにも劇場にも行ってみたいわ。それにオペラだって行ってみてもいいと思いはじめてるの」

　自分がいつのまにかワインを三杯も飲み、一カ月分にも相当しそうな量の食べ物を口に入れていたことに驚きつつ、シャノンは思いきって言った。

「テート美術館に行くなんてとてもすてきね。そして、そのあとは静かで上品なクラブで過ごすの。もちろんどこかで最高の夕食をすませてからね！　きっとすばらしいでしょうね、もしも……」シャノンはそのとき、どうしようもないくらい頭がくらくらするのを感じた。

「もしも……？」ケインがなめらかな口調で促した。

なにを話していたんだったかしら？　ああ、そうだわ。若者たちの騒々しい文化ではなく、もっと洗練された大人の文化にふさわしいライフスタイルについて話していたんだった。「もしも、すてきな服を着てそういうところに出かけられたら。黒のミニドレスとか……背中が開いた……ダークグリーンのエレガントなドレスとか……」

「君はいつもそんなふうに思っていたんだね」ケインは上目づかいにシャノンを見つめ、つぶやいた。「そうなんだろう？」

「なんのこと？」

「すてきなドレスがあっても、それを着ていく場所がないってことさ」

せっかくここまで話を進めてきたのに、ここですてきなドレスなど持っていないと認めてしまうのは耐えられない。そんなことをしたら、洗練された文化を思いきり吸収してみたいという主張もむなしく聞こえてしまう。それに、なぜここまで意地をはるのか自分でもわからないが、シャノンはどうしてもケインに感銘を与えたかった。単に事務仕事の手際がよく、子供の扱いが上手な秘書ではないことを彼に証明したかった。パブやクラブに出かけるしか楽しみがないとは思われたくない。結局のところ、そういうものは私の期待に応《こた》えてはくれないのだから。

「ええ」シャノンは嘘をついた。

「そうか、黒いミニドレスを着て……」

「ええ！　とても丈の短い、真っ黒のドレスよ」

「それは驚いたな。ワインの酔いにまかせて言っているんじゃないだろうね？」ケインはまじめな顔で尋ねた。

「もちろんよ」シャノンは彼をにらみつけた。

「だとしたら……」ケインは勘定書を持ってくるようウエーターに合図をし、考えこむようにシャノンを見た。あまりに長いこと無言のまま見つめられ、彼女は落ち着かない気分になった。

「だとしたら……なんなの？」シャノンはいらだたしげに尋ねた。

「だとしたら」ケインがつぶやいた。「君のその魅惑的なドレスを着る機会がないのはもったいないと思わないか？」

「さっきからそう言ってるでしょう」シャノンは残念そうに肩をすくめたが、内心では思い描いたとおりの自分自身のイメージを作り出せて満足していた。シャノンは家族の中で一番母親の信頼が厚かったが、それは姉たちがボーイフレンドやデートに着ていくドレスのことで興奮しているときも、進んで家事を手伝い、幼い弟たちの世話をしていたからだった。彼女はまたおおぜいの男友達に恵まれてもいたが、それは単に彼女が活発な女の子だったせいだった。しかし今は、ほんの少し慎重に言葉を選び、罪のない嘘をいくつか並べ立てただけで、神秘的で興味をそそる大人の女性のイメージを作り出すことに成功したのだ。

シャノンはとても気分がよかった。ジーンズにセーターという格好の今は神秘的な女性とも興味をそそる女性とも言えないが、黒のミニドレスを着たら私も絶対にそうなれるはずだ。

「そろそろ行きましょうか?」シャノンは立ちあがって言った。かすかにめまいを覚えたが、ケインが腕を支えてくれたので助かった。

「歩いて帰れそうかい?」

「もちろんよ。でも」シャノンはいたずらっぽくつけ加えた。「もし無理だったら、あなたは紳士らしく私を抱きかかえて運んでくれるでしょう?」

「ワインが完全にまわったみたいだな」ケインは低くつぶやき、シャノンを歩道へと促した。通りはすっかりひとけがなくなり、二人の足音が大きく響き渡った。

「私の質問をはぐらかさないで! あなたは私を抱きかかえて運んでくれるの?」

「もちろんだ。君は羽根のように軽そうだからね」ケインのかすれた声を聞き、シャノンの中に激しい興奮がこみあげた。「証明してみせようか?」彼はさっと身を翻し、シャノンと向き合った。暗闇《くらやみ》の中、彼の瞳には嘲笑《あざわら》うように挑戦的な光が浮かんでいる。まさか、彼があんな言葉を本気にするはずがないわ。シャノンはそう思ったが、確信は持てなかった。

「私はあなたの想像よりも重いわ。本当よ」シャノンは息がつまったような気がした。

「ねえ、寒くない? 急いで戻らないと凍えてしまうわ」

「おじけづいたのかい、シャノン?」ケインはささやいた。しかし彼が並んで歩きはじめたので、さっきの心をかき乱すような声はすべて自分の想像だったのだろうかとシャノンはいぶかった。きっとそうだろう。ワインを飲んだあとは、私はいつもとんでもない想像をしてしまうから。だが、そのときふいにケインがシャノンを腕に抱きあげ、ノラットに向かって歩きだした。シャノンは手足をばたつかせて激しく抵抗したが、むだだった。

「下ろしてちょうだい」フラットのロビーを抜け、階段をのぼっていくケインにシャノンは抗議した。「もし背中を痛めたとしても、私を責めたりしないでちょうだいね!」

「ああ、君を責めたいことはたくさんあるが、そんなことで責めたりはしないよ、レッド」ケインは笑って言い、息も切らさずにシャノンの部屋のドアまでたどり着いた。そこでやっと彼女を床に下ろした。

「よくわかったわ」シャノンは怒りをこめて言った。「あなたはたくましい男性だってことがね！　それを証明するためにこんなことをしたんでしょう？」

「いや」シャノンがドアを開けたとたん、そこに寄りかかってケインは答えた。「なんのためだったか教えてほしいかい？」

二人はじっと見つめ合った。シャノンの頭の中で激しい警報が鳴り響く。ケインの瞳にふざけた光など浮かんでいないのに気づき、彼女は喉がからからに渇くのを感じた。彼に無言でじっと見つめられ、神経がすり切れそうだった。

「遠慮しておくわ」シャノンが小さな声で言うと、ケインは耳ざわりな声で笑った。

「なぜだい？　僕がなにを言い出すか心配なのかい？」

「そろそろベッドに入りたいのよ、本当に……」シャノンはやっとの思いで言った。

「完璧《かんぺき》な紳士を気取る僕としては」やさしい愛撫のような声で、ケインは言った。「君の安らかな眠りをじゃまするつもりはない。それに、ロンドンのすばらしさとそこに住む醍《だい》醐《ご》味を味わうこともないまま、君をクリスマス休暇でアイルランドの家に帰すつもりもない。だから、僕のお気に入りのジャズクラブへ君を連れていくことにしたよ。楽しい時間を過ごすために欠かせないと君が信じている騒々しさはないが、優雅な食事と静かな夜の時間を楽しもうじゃないか」

「私を連れていくことにした、ですって？」

「そうだ、もう決めたのさ。今度の土曜日にね。どうかな?」

「それは……」

「よかった。じゃあ、七時四十五分に迎えに来るよ。大丈夫、きっと君も楽しめるはずだから」ケインが身をかがめたので、彼の唇がシャノンの耳に触れそうになった。とても敏感な彼女の耳に。「僕を信じてくれ」

6

それからの数日間、シャノンはセントラルロンドンのブティックを熱に浮かされたように駆けずりまわっていた。ドレスの値段――とくに、生地はほんの少ししか使わないはずのこういうドレスの値段は、いつのまにこんなに高くなってしまったのだろう。アイルランドでなら、ブランド物とは言わないまでも、決してみすぼらしくないドレスの一着や二着は買うことができた。しかし、とてつもない値段が書かれた値札を見て、シャノンは口をぽかんと開けるしかなかった。

いったいなぜ私は嘘《うそ》なんかついてしまったのだろう？　嘘をつけば、きっといつかは後悔することになるとわかっていたはずなのに。今やシャノンは思い知っていた。明けても暮れても、ついうっかり口をすべらせてしまったことを悔やんで過ごしているのだから。

ケインは外国へ出かけていたので、パニックに陥ったシャノンが昼休みに身分不相応なブティックにまで押しかけている姿は目撃されずにすんでいた。しかしその一方で、ケインの不在がシャノンをいっそう神経質にし、ますます不安をつのらせる結果になっていた。

ケインに抱きかかえられてフラットに戻ったとき、確かにシャノンはひどく動揺していた。しかし、なぜ彼はまったく触れようとしなかったのだろう？　なにか魂胆があると思われない程度になら、触れてもよかったはずなのに。

「ゆうべ、パパから電話があったの」金曜日の夜、一緒に食器を洗っているときにエレノアが言った。

「まあ、そうだったの？」思わず声が震えてしまったが、シャノンは咳《せき》払いをし、暗い口調にならないよう努力して続けた。「パパは元気だった？　ニューヨークで楽しんでいるって？」

シャノンは毎日Eメールでケインと連絡を取り合っていたが、話題は仕事のことに限られていた。

「明日の朝には戻ってくるんですって」エレノアが明るい声で言った。「もうお土産は買ったと言ってたけど、なにを買ったかは教えてくれないの」

「そう」シャノンはもの思いにふけりながら皿洗いを終え、スポンジをぎゅっとしぼった。あと十分もすれば、キャリーが交代に来るはずだ。

「それで、明日の夜はどうするの？　パパと二人だけで過ごすんでしょう？　チキンナゲットとフライドポテトでも食べるのかしら？　二人で一緒に食事なんていいわね」気が進まないデートからなんとか逃れようとして、シャノンはしつこく言った。

「明日の午前中までキャリーがいてくれるはずだから、一緒に買い物に行ってもらうといいわ。パパの好きなものを買って、特別なものを用意して……」だが、隣にいる小さな子供の冷たい視線を感じ、シャノンの声はしだいに小さくなった。

「パパとはお茶を飲みに行くの」エレノアは言った。「でも、夜はあなたがパパと一緒に出かけることになってるんでしょう?」

「ああ、そうだったわね!」シャノンは無理やり明るい笑みを浮かべた。「忘れてたわ!」

「どうして忘れられるの?」

「うっかりしてたのよ」シャノンはさりげなく肩をすくめてみせた。

「黒のミニドレスの準備はできた?」

シャノンは不思議そうに尋ねた。「どうして私が黒のミニドレスを着るって知ってるの?」彼女は両手を腰に当て、八歳の議論相手をじっと見つめた。

「すっかり白状なさい、お嬢さん」エレノアの目の前で指を振り、シャノンは言った。

「さもないと大変なことになるわよ」

エレノアはくすくす笑い、まったく怖がるようすもなく話しはじめた。「昨日、パパが電話で言ってたの。パパは黒のミニドレスをすごく楽しみにしてるから、シャノンが約束を忘れていなければいいけどって。私、シャノンがそんなドレスを着ているところなんて想像もつかないわ。パパもそうですって」エレノアは率直に尋ねた。「シャノンのドレスってどんな感じ？」

「丈がすごく短くて……それ以外に説明のしようがないわね」実際、シャノンは今までこんなに丈の短いドレスを買ったことがなかった。だが、ブティックの店員はよく似合うと言ってくれたし、むなしいショッピングも五日目を迎え、耐えられないほど足首が痛んだので、素直に店員の言うことを信じることにしたのだった。

「パパと出かけるのもお仕事なの？」エレノアは下を向いて尋ねた。

「そうよ！　仕事なの」本当にそうならいいのにと思い、シャノンはきっぱりと言った。そもそもこのデートの誘いは、ロンドンのすばらしさをまったく理解していない哀れな女性に対するケインの同情と、その女性が黒のミニドレスを着たらどんなふうだろうという彼の好奇心から始まっているのだが、八歳の子供にそんなことがわかるはずもない。

「そう……デートじゃないのね」

「ええ……デートじゃないわ」

「でも」エレノアは急いで言った。「別に気にしてるわけじゃないの。だって、この前パパが私に会わせようとして家に連れてきた女の人とあなたは全然違うもの。あの人はひどかったわ」

「ひどく醜い人だったってこと？」シャノンは尋ねた。一瞬、子供からあれこれ聞き出すなんてよくないと良心がうずいたが、彼女はあっさり誘惑に負けてしまった。「魅力的な女性じゃなかったの？　吹き出物だらけだったとか？」

「そんなことはないわ。クラウディアは美人だったもの。でも……わかるでしょう……」

「退屈だったの？」

「頭がよすぎて、すごくうぬぼれ屋だったの」

美人で頭がよく、自信に満ちた女性。シャノンは嫉妬《しっと》にも似た激しい感情がこみあげるのを感じた。

美人で頭がよく、自分に自信がある――それは土曜日の夜七時半、ケインが迎えに来るまであと十五分となったときにシャノンが感じている気分とはほど遠かった。動揺するまいと心に決め、何時間も前にドレスに袖《そで》を通したのに、シャノンは今もまだ鏡に向かって必死にメークをしていた。腕時計を気にしつつ、見苦しくないよう身なりを整える。玄関の呼び鈴が鳴ったらすぐに階下に下り、ケインを出迎えなくては。

セクシーに見えると店員に言われたそのドレスは、薄い膜のようにぴったりと体に張りついている。そもそもどうしてこんなドレスを買う気になったのか、シャノンは突きつめて考えてみる気にさえならなかった。こんなに大胆に脚を出すドレスを買うなんて、一時的な精神異常に見舞われたとしか思えない。襟のラインはとても上品に見えるが、ブラジャーをつけるのはとうてい不可能なくらい大きく開いた背中とバランスをとるために襟元が控えめになっているだけだ。

ありがたいことに今は冬だから、ナイトクラブに着くまでは厚手のコートをはおることができるが。

しかし、少なくとも赤い髪だけは強烈すぎることもなかった。数日前ボブに切り揃《そろ》えたせいで、ときおり強い光が当たったりすると髪が顔のまわりで美しくきらめく。シャノンは首を左右に振ってみては満足していた。いつものように地味にうしろでまとめるよりはずっとましだろう。

今日はおしゃべりは控えめにして、落ち着いた夜を過ごさなくては。アルコールはなにか理由をつけて断り、洗練された大人の女性らしくふるまうのだ。

階下の呼び鈴が鳴り響くころには、シャノンはケインと向き合う心の準備ができていた。すばやくコートをはおって手袋をはめ、五分後には笑顔で彼に挨拶《あいさつ》していた。

「髪型を変えたんだね」ケインが開口一番そう言ったので、シャノンの体中をかすかな喜びが駆け抜けた。戸口にもたれている彼は黒のコートに身を包み、クリーム色のシルクのマフラーをさりげなく巻いている。

「短く揃えてもらったの」映画スターがするように、シャノンは頭をさっとうしろに振ってみせた。「どうかしら?」

「よく似合ってるよ」ケインは言った。「とてもあか抜けて見える」

暗闇《くらやみ》の中、シャノンは注意深くケインを見つめた。その言葉にはシャノンが腹を立てるべき隠された意味合いがこめられているのだろうか？　しかし、彼の表情は穏やかで、ニューヨークへの出張について話しはじめた口調にはまるで気取ったようすはなかった。

「君はニューヨークへ行ったことはあるかい？」ケインは巧みに裏道を選んで車を進めながら尋ねた。

ビッグアップルで人生のシナリオを書き換えることができたらどんなにすてきだろう。そんな思いがシャノンの脳裏をよぎったが、嘘ばかりついているのは許されない。

「こう言い直してもらえるかしら？」シャノンは辛辣《しんらつ》な口調で言った。「〝ロンドンとアイルランド以外の場所に行ったことはあるかい？〟と」

「それ以外の場所に行ったことがないのかい？」

シャノンは唇を噛《か》んだ。ケインの無邪気な好奇心に反撃の言葉をぶつけてやろうかと思ったが、結局彼女は考え深げに言った。「子供たちを育てている間はそんな余裕はなかったんだと思うわ。私の家が何人家族か思い出してちょうだい。それに、母は何人かの子供を残したまま、何人かだけを連れて出かけるようなことはしなかったの。私たちは休みになると田舎に出かけて海で遊んだり、キャンプをしたりして過ごしたわ。それに、働きはじめてからも、私には休暇をどこか暖かいところで過ごせるほどの余裕もなかったし」

「働いていれば、少しは貯金ができたはずだろう」ケインは皮肉たっぷりに言った。「法外な家賃を払ったりせずに、家族と一緒に住んでいればね。それとも、服を買うために金を使い果たしてしまったのかい?」彼は愉快そうにシャノンをちらりと見てから、すぐに前方の道路に視線を戻した。

「私はいつも弟たちのものを買うのにお金を使ってしまうのよ」シャノンはしぶしぶ言った。もちろん自分の服を買ったり、友達と出かけたりすることもあったが、母に生活費も渡していたし、給料日には弟たちがなにか喜ぶものを買ってやりたいと思った。

「それはすばらしいことだ」ケインが心からそう言ったので、シャノンは顔をしかめた。

「エレノアはそういう問題で悩むことはないでしょうけれど」シャノンは意地の悪い満足感を覚えながら言った。「きっとあの子は服や靴や休暇に自分のお金を全部つぎこんで、年老いた哀れなパパにつけを払わせるのね!」

「そうかもしれない」駐車場に車をとめるため、ケインは体をうしろにひねって片腕を助手席のヘッドレストにかけた。「だが、そうじゃない可能性もある」彼はシャノンの方に顔を向けたまま言った。「あの子もほかのきょうだいと一緒に育ち、彼らのために惜しげもなく金を使うようになるかもしれない。そうだろう?」

「つまり、あなたはもう一度家族を持ちたいと思っているってこと?」どういうわけか、それを聞いてシャノンはショックを受けていた。そして、どこからか別の女性が現れるのではないかと落ち着かない気持ちになった。ケインに将来を約束された女性が、どこかで静かに待ち伏せしているのではないだろうか。シャノンはあわてて言った。「私には関係のないことだけど」

「驚いているようだね。だが、子孫を残したいと思うのは、呼吸をするのと同じくらい自然なことだろう?」

二人はこぢんまりしたジャズクラブに入っていった。くつろいだ雰囲気の店内はほどよい具合に薄暗かったので、シャノンは赤く染まった頬をケインに見られずにすんだ。

「コートは?」ケインが手を伸ばしてコートを脱ぐのを手伝おうとしたとたん、シャノンは肌が大きく露出したドレスを隠してくれるウールになんとしてもしがみついていたくなった。

「寒くなるかもしれないわ」

「それはどうかな。ここはかなり暖かいし、何曲か踊れば暑くなるさ」

「何曲か踊れば?」

「君がテンポを落として、年老いた男に合わせてくれるならね」

「自分のことを年寄りみたいに言うのはやめてちょうだい」シャノンはしぶしぶコートを脱いだ。そして、ケインの熱い視線にひるみそうになるのをこらえながら言った。「とても年寄りなんかには見えなかったわ。あのときのあなたは……」

「君を抱きあげたときかい? それはどうも。褒め言葉と受け取っていいんだろう?」ケインはそう言って、ゆっくりとシャノンを見おろした。

「黒のミニドレスか」静かにつぶやく。「本当に丈が短いんだね。ここに来ている男たちが血圧の上昇に耐えられればいいが」

シャノンのコートを優雅に腕にかけたまま、ケインはまだじっとこちらを見ている。私自身の血圧のほうが急上昇してしまいそうだと、彼女は思った。

「気づいていたかい？」ケインが低い声で笑った。「君が黒のミニドレスを持っていると言ったとき、僕はまったく信じていなかったんだ」

シャノンは声をあげて笑った。ケインの言葉を楽しんでいるように見えればいいと願いながら。「信じていなかったの？　アイルランドの家には、衣装だんすがいっぱいになるくらいのドレスを持っているのに！」

「今もあるのかい？」ケインはコートをカウンターの女性に預け、渡されたメダルをジャケットのポケットにすべりこませた。

「ええ。でも、もちろんロンドンに持ってくることはできなかったわ。つるしておく場所がないのはわかっていたから」

「君はなんて複雑な女性なんだろう、レッド」人目につかない隅のテーブルに案内される途中で、ケインは言った。とてもくつろいだ雰囲気のテーブルだが、シャノンにとっては神経をすり減らすことになりそうな席だ。「苦労して手に入れたお金をきょうだいたちへのプレゼントにつぎこむ女性と、衣装だんすいっぱいの大胆なドレスを持っている刺激的な女性――どうすればその二人を同一人物だと思えるだろうか？」

　ケインはウエートレスを呼び、シャンペンをボトルで注文した。それから再びシャノンをじっと見つめた。「おそらく、僕は女性を無意識のうちに分類して見てしまう典型的な男なんだろう。子供の扱いが上手な女性は、夜ごと自分の魅力をひけらかすような女性とはまったく違うタイプだと思ってしまうからね」

「本当に典型的な男の考え方ね」シャノンはくぐもった声で言った。

　ケインを前にすると、今まで自分でも知らなかった一面に気づかされる。実際、シャノンはエリック・ガルウェイとつき合っていたころよりも、自分がはるかに官能的で敏感になっていると感じていた。確かに私はエリックに追いかけられて有頂天になっていたが、それはティーンエイジャーのような浮わついた気分にすぎなかった。エリックの注意を引くことができてうれしかったが、なによりもシャノンは自分が恋をしていることに酔っていたのだ。今は恋をしているわけではないが、ケインがシャノンを女らしい気分にさせる才能があるのは確かだ。

「あるいは」シャノンは考えこむように言った。「あなたは一つの役割しか果たそうとしない女性たちとばかりつき合ってきたんじゃないかしら。たとえば、美人で仕事ができて自分に自信を持っているけれど、騒々しい家庭生活の壁は乗り越えられない女性とか」

「つまり」ケインはシャンペンをすすり、グラスの縁ごしにシャノンを見つめて言った。

「僕の勝手な思いこみだというのかい？」

「私はそう思うわ！」シャノンは陽気に答えながら、シャンペンはおかしな飲み物だと思った。アルコールを飲んでいる気がまったくしない。

「それで、君はどうしたらその思いこみを正すことができると思う？」ケインは素直に尋ねた。

「見えない部分にまで目を向けることね」シャノンは抜け目ない視線でケインを見あげた。

「できるだけ努力してみるよ」ケインは真剣に答えた。

そのとき、店の奥が急に騒がしくなり、ジャズバンドが登場した。しばらくすると黒い衣装に身を包んだ八人の男性が、聞き覚えのあるガーシュインの曲を演奏しはじめた。演奏が終わるとバンドは人々の温かい拍手を浴び、今度はより静かでムードのある曲を演奏した。カップルたちが次々とダンスフロアに出ていく。

すばらしい音楽に感動したことをケインに伝えようとしてシャノンが振り返ったとき、彼のわきにすらりと背の高い黒髪の美人が現れ、彼の肩を軽くたたいた。

彼女が前にかがみこむと、漆黒の髪が揺れてケインのシャツの背中にかかった。その間、シャノンの視線は女性の豊かな胸の谷間に釘《くぎ》づけになっていた。心臓が荒々しく打ち、シャノンは急いでシャンペンをごくりと飲んだが、そのせいでみっともなく咳《せ》きこみそうになってしまい必死にこらえた。二人がなにを話しているのかは聞こえないが、読唇術の専門家である必要もない。ほっそりした腕をさりげなくケインの肩にかけている彼女のようすを見れば、二人が単なる通りすがりの関係でないのは明らかだった。

「あなたのお気にさわるかしら？」その女性がケインの背後から身を乗り出し、シャノンに話しかけた。ぴったりした赤いドレスに包まれた豊かなバストが、ケインをじらすように彼の目の前でとまった。「私がこのゴージャスな獣をダンスフロアに引っぱっていったら？」

「お好きにどうぞ」歯をくいしばり、シャノンは答えた。ゴージャスな獣が柊《ひいらぎ》の茂みの中を引きずり戻されることになるとしても、私の知ったことではない。しかし、ケインは女性の誘いに応じようとしなかった。残念そうな笑みを浮かべ、広い肩をすくめている。女性はまたあとでと約束して去っていった。

「君を紹介できなくて悪かった」ケインは立ちあがり、手を差し出しながら言った。シャノンは断るわけにもいかず、ぎこちないしぐさでダンスの誘いに応じた。「だが、音楽が少し騒がしかったし、キャロルのディナーの相手を待たせてもいけないと思ってね」再びゆったりとしたジャズナンバーが流れはじめた。ケインはシャノンを抱き寄せて片手を腰のくびれにあて、もう片方の手で彼女の小さな手をしっかりと握った。

「彼女のほうは、ディナーの相手を待たせてもいっこうにかまわないようだったけど」シャノンは冷たく指摘した。ケインの胸にそっと寄せた頰に、彼の鼓動が伝わってきた。

「まあね。もしかしたら、僕は自分の相手を待たせておきたくなかったのかもしれない」

ケインはシャノンの髪に向かってささやいた。

シャノンはわずかに体を離し、ケインを見た。「私ならかまわなかったのに」

「そうかい？」

「そうよ」シャノンは断固とした口調で言った。「一人で席に座って音楽を聴いているほうがよかったわ」

「僕が君にそんなことをさせるはずないだろう」

「あなたは完璧《かんぺき》な紳士だから？」シャノンは自分の声に非難がこもっているのに気づいた。

「そうかもしれないな」

ケインの曖昧《あいまい》な返事を聞き、シャノンの全身に危険なほどの興奮がわき起こった。あの魅惑的な黒髪の女性の記憶も、即座に消えてしまった。

「それで」シャノンは短い沈黙のあとで尋ねた。押しつけられた彼の体が燃えるように熱く感じられる。

「彼女はいったいだれなの？　もし私には関係ないことだと思うなら、答えなくてもいいけど」シャノンは、私はただ手近な話題を持ち出しただけだから、あなたが答えようが答えまいがどうでもいいのよとほのめかすような口調で言った。

「彼女は仕事上の知人でもあったし……個人的な友人でもあった」

「個人的な友人でもあった？」シャノンは無邪気に尋ねた。「まあ、友情は大切にするべきだわ。あなたたち、喧嘩《けんか》でもしたの？」

ケインは体を引いてシャノンを見おろし、皮肉っぽい笑みを浮かべたグリーンの瞳をとらえた。

「二人の関係は終わったんだ。僕たちがどんな関係だったか正確に知りたいなら、はっきり尋ねればいいだろう？」

シャノンは真っ赤になってケインのシャツのボタンを見つめていた。しかし、しばらくしてやっと落ち着きを取り戻し、彼女は笑みを浮かべて顔を上げた。「それはつまり、あなたたちが親密な仲だったということでしょう。大丈夫、私はこれっぽっちも詮索《せんさく》するつもりはないわ」

「いずれにせよ、君には話しておいたほうがいいかもしれないな。君の頭の中を飛びまわる好奇心のかけらを、少しは満足させてやれるだろうから」

「話したければご自由にどうぞ」

「僕たちは仕事を通じて知り合った。彼女は弁護士で、今年の初めに出会ってから何カ月かつき合いを続け、お互いを知るようになった。だが、時がたつにつれて僕たち二人はうまくいかないと気づいたんだ。それで、お互いに納得して関係を終わらせることに決めたのさ」

「彼女のほうは、再び情熱を燃えあがらせたいと思っているみたいだったけど」シャノンはそう言いながら、明らかに意地の悪いことを口にしている自分に嫌悪感を覚えた。だが、ケインはまったく気分を害しているようすはなかった。

「そうかもしれない。だが……」ケインはシャノンの髪を彼女の敏感な耳にかけてささやいた。

「僕は一度決めたら心変わりはしないほうなんだ」その言葉は、すでに沸騰しかけているシャノンの好奇心をさらに激しくあおった。しかし幸いなことに、シャノンがさらに質問する前に音楽が終わった。彼女は曲の合間に食事をとりたいとケインに言った。

しばらくの間、二人は音楽やアイルランドのこと、あるいは有名人やケインの外国での体験など、当たりさわりのない話題についておしゃべりをした。だがその一方で、シャノンはすっかりシャンペンに酔ってしまった頭を必死に働かせ、ダンスをしているときにケインが語ったことを思い出していた。もうクレームブリュレも半分食べおえたのに、あの黒髪の女性は現れる気配もない。

ちょうどそのとき、シャノンはダンスフロアで踊るあの女性を見つけた。相手は背が高く髪はブロンドで、いかにも時間をたっぷり持て余していそうな魅力的な男性だ。

「楽しんでいるかい？」ケインが目の前に身を乗り出したので、シャノンは陽気な笑い声をあげた。

「すばらしい料理にすてきな音楽……もちろん楽しんでるわ！」実際、シャノンは不思議なくらい生き生きした気分になり、体中にエネルギーがみなぎるのを感じていた。

「それなら、もう一曲踊ってくれないか？」

「もちろん」シャノンは息を切らして言った。「平らげたばかりの料理のカロリーを消費しなくちゃね！」

「ばかばかしい。君は一キロだって体重を減らす必要はないよ」

「どうしてそんなことがわかるの？」

「君が着ているその薄いドレスの上から体に触れてわかったのさ。君は食べ物に気をつける必要なんかないよ」

シャノンは無邪気な表情を浮かべたケインに鋭い視線を向けた。「食べる量は問題じゃないの。私はどうがんばってもキャロルのような美しいスタイルにはなれないもの」彼女は険悪な口調で言った。再びケインのステップに身をまかせると、二人の体が完全に一つになったように感じた。

「彼女はすらりとしていて、本当にすばらしいスタイルだろう？」ケインが低い声で笑い、温かい吐息がシャノンの頰をかすめた。

「おまけに、それを巧みに利用しているわ」シャノンは思わず言った。

「そう、とても巧みにね」ケインは同意した。「実際、彼女は僕がそばに近づきたくないタイプの女性だ。外見ばかり目立って中身がない」そして、もう一度低い声で笑った。

ケインは私をばかにしてわざとへりくだった態度をとっているのだろうか。シャノンはいぶかった。しかし、彼の穏やかな瞳にはそんなそぶりはまったく見えなかった。

「どのみち、エレノアは彼女のことを気に入らなかったんだ」ケインがそうつけ加えたとき、シャノンは満足感を覚えた。「僕は古くさい考えの持ち主でね。真剣につき合おうと思う女性に関しては、あらかじめ娘の賛成を得ておきたいんだ」

「それは古くさい考えなんかじゃないわ。思慮深くて、思いやりがある考え方よ。私の母だって、私たちきょうだい全員の賛成を得られない男性と再婚しようとは思わないはずだわ」

「それはどんな男性でも無理だろうな」ケインがうなるように言ったので、シャノンは含み笑いをした。

二人はそれからしばらく黙って踊りつづけた。そのあと、シャノンのフラットに戻る途中、ケインが遠まわしに家族について質問してくるまで、彼女の頭の中でその些細《ささい》な会話は忘れられかけていた。ケインが急に自分の育った環境に興味を示したことに、シャノンは気づきもしなかった。シャンペンの酔いがまわり、今にも眠りそうになっていたからだ。彼女はまどろみそうになるたびに目を開けていようと必死になった。車のドアにもたれ、口を半開きにしたまま幸せそうにぐっすり眠っている姿は、お世辞にも美しい光景とは言えない。

それでもシャノンは、ケインの質問にあくびをせずに答えることができなかった。彼がふいに重要な質問を口にしたときも、真剣に聞いていなかった。どうせまた家族に関する質問だろうと思いこんでいたのだ。しかし、ケインの言葉が脳にしみこむと、彼女はふいに体を起こし、もう一度言ってほしいと彼に頼んだ。

「僕はこう言ったんだ」前方の道路をまっすぐ見つめたまま、ケインはしぶしぶ口を開いた。「君のお母さんがどんなに心配するかを考えれば、君が今借りているあんな部屋は引き払ったほうがいい、もしも行くあてがないなら、僕の家に来ないか、とね」

「あなたの家に来ないか、ですって？」あまりにばかばかしい提案に、シャノンは吹き出しそうになった。「頭がおかしくなったの？　それはいったいどういう申し出なのかしら？」

「完璧に理にかなった申し出さ」シャノンのフラットに近づくにつれてケインはスピードを落とし、駐車スペースを見つけて車をとめた。しかし、シャノンがドアを開けようとすると、ケインはすばやく彼女の手をつかんで言った。「少し僕の話を聞いてくれ」彼はシャノンの手を放してシートに深くもたれ、片腕をゆったりとハンドルにかけた。

「君の部屋は人の住む場所じゃない。実際、ここの家主はだまされやすい若者から金をしぼり取るために、一軒家をあんな小さな部屋に区切っているんだ。それに、君だって認めていたじゃないか。あの部屋を見たらお母さんは怒り狂うだろうってね」

「母があの部屋を見ることなんかないわ！」

「だったら、僕の家に来るよりいいアイデアがあるというのかい？　僕の家ならもう一人生活するくらいの広さは十分にある。君にはバスルームのついたスイートルームを使ってもらうよ。そうすれば、いかなる意味においても君のプライバシーが侵される心配はない。それに、君が毎晩この古びたフラットまで歩いて帰らなくてすめば僕も安心だ。もちろん、エレノアの世話に関して君の労働時間に変更はない。もし夜に出かけたいことがあれば、今までどおりキャリーに来てもらうよ」

シャノンは、浮かれ騒いでいるうちにいつのまにかとんでもないスピードのジェットコースターに乗っていたような気分だった。

「そんな、ちょっと待って――」

「もちろん、これは君がどこかほかに住む場所を見つけるまでの話だ。それに、僕はいっさい家賃を請求するつもりはないから、君も今までより速いペースでお金をためられるだろう」

「だめよ。そんなことできるはずが――」

「一晩考えてみてくれ」ケインは車を降りて助手席側にまわり、シャノンのためにドアを開けた。「この件についてはまた話し合おう」彼は容赦なく言った。「月曜日の朝、一番にね」

シャノンが抗議の言葉を発する間もなくケインは車に戻り、彼女が無事に部屋に入るのを辛抱強く待ってから走り去っていった。

7

「とても思いやりのある申し出じゃないの」翌日、一緒に昼食をとっていたサンディが言った。「夜にもなれば、ロンドンは安全とは言えないわ。ねえ、あの地区を歩いてフラットまで帰るなんて怖いと思わないの？」

「あなたは私の味方だと思ってたわ、サンディ」皿の上のパスタをつつきながら、シャノンは文句を言った。

「私みたいにルームメートと一緒に住めばよかったのよ。そうすればもっと治安のいいところに住めるんだし……」

「四人の人間に見張られてね！　私にはプライバシーが必要なのよ！」サンディは四人の女の子たちと共同でハムステッドのはずれにある大きな家を借りている。シャノンが遊びに行くたびに、だれかが急にドアを開けて入ってきたり、隣の部屋から電話をしている声が聞こえたり、冷蔵庫を開けてだれが自分の食料を盗んだのか調べている人がいたりした。

サンディはつねに人のたてる物音が聞こえているほうが落ち着くのかもしれないが、私は絶対に頭がおかしくなってしまうとシャノンは思った。

「でも、彼はあなたのプライバシーを保証してくれたんでしょう？　家がそんなに広いなら、彼と顔を合わせることもほとんどないでしょうし」

そのとき、サンディのルームメートたちがキッチンに入ってきて、あたりは急に騒がしくなった。ランチの残りがなにかないかとさがしに来たようだが、途中で立ちどまっておしゃべりをしたり、テーブルの真ん中に置いてある皿にのったものをつまんだりしている。サンディの家ではゆっくり話をすることは不可能だ。

「それに、彼の言っているとおり」周囲の騒ぎなど気にもとめないようすで、サンディは続けた。「お金をためればどこかもっといい場所に移れるわ。彼の家にいるのはほんの二、三カ月ですむでしょう」

サンディに相談してもなんの解決にもならなかったようだと、シャノンは思った。しかし、助け合うべき友人としての長い説教が始まってしまったからには、下手に反論しないほうがいい。そんなことをしても問題がややこしくなるだけだ。

結局、シャノンはその週末を動揺といらだちの中で過ごすことになったが、月曜日に出勤してみると拍子抜けしてしまった。ケインは急きょ仕事で呼び出されて出かけることになり、今夜遅くか、あるいは明日の朝まで戻らないというのだ。土曜日の夜に話し合ったことを持ち出すそぶりもないケインを見て、シャノンはいぶかった。彼はすべてを忘れてしまったのだろうか。あのときの彼はまるで裁判官のように冷静に見えたが、本当はひどく酔っていたのかもしれない。

そう考えると、シャノンは気が楽になった。そして午後五時になるころには、ケインはすべてを忘れてしまったのだという結論に達した。あるいは、彼は自分が申し出た提案がどんな状況を招くか思い当たったのかもしれない。つまり、決して好ましいとは言えないほど頻繁に、私と顔を合わせることになるのだと。ジャズクラブで会った美人のことから考えても、ケインには私の知らない生活がありそうだ。遠慮なくずけずけものを言うアイルランド生まれの女性は、自分の楽しみをぶち壊す存在になりかねないと彼も気づいたのだろう。

シャノンはエレノアの世話をするために五時半までにケインの家に行くつもりでいたが、結局到着したのは六時近くになってしまった。どういうわけか私道にはケインの車がとまっており、シャノンが玄関の呼び鈴を押す前にドアが開いて彼が現れた。カジュアルなコーデュロイのズボンにラガーシャツ風トレーナーというでたちの彼を見て、シャノンはあわてて目をそらした。彼があまりに男らしく、あまりに近くに立っていたからだ。

「緊急の用事で出かけたはずだったのに」ケインに中に招き入れられながら、シャノンは挨拶《あいさつ》がわりに言った。

「君に感心させられる点が一つある」ドアをばたんと閉め、ケインはそっけなく言い返した。「社交的な礼儀を無視できる才能があるってことだ」

「まさかここであなたに会うとは思っていなかったのよ」シャノンは謝罪のつもりで言った。「明日の朝まで戻らないと言っていたから」

「戻れないかもしれないと言ったんだ」

「エレノアはどこにいるの？」シャノンはケインの背後に目をやったが、エレノアの姿は見えなかった。

「友達の家に泊まりに行っている」

シャノンは冷たい目でケインを見た。「それならなぜ私に連絡してくれなかったの？」

腹立たしいことに、ケインはにっこり笑って言った。「すごんでみせようとする君もかわいいよ。たぶん、いつもの君らしくないからだろうな」

一瞬、シャノンは言葉を失ったが、すぐに気を取り直した。「そういうことなら、私はここにいる必要はないわね」

「おや、なぜそんなふうに思うんだい？」

またしてもシャノンは言葉を失い、ケインをにらみつけることしかできなかった。やがて彼はなだめるように降参のポーズをしてみせた。

「わかったよ。君にはまだここにいてほしいんだ」ケインはゆっくりとじらすように言った。「君に会ってもらいたい客がいてね。実を言うと、もうキッチンで君を待っている」

彼が歩きはじめたので、シャノンはあわててコートを脱ぎ、客とはいったいだれだろうと考えをめぐらせながら彼のあとを追った。

「客ってだれなの？」キッチンに着く前に、シャノンはやっとの思いで非難めいた声をあげた。するとケインが突然立ちどまったので、危うく彼の胸にぶつかりそうになった。

「紹介するまでもないだろう。僕に言えるのはそれだけだ。せっかくの思いがけないご対面をだいなしにしたくないからね」

シャノンを先に通すためにケインはわざとらしくわきによけ、彼女がキッチンに入っていくのを見守った。客はさっと立ちあがって両手を広げた。

「お母さん！　こんなところでなにをしてるの？」

シャノンの母親は質問に答えるかわりに娘を抱き締めた。それから少し体を離し、シャノンを注意深く見つめた。

「シャノン、あなたやせたみたいね」

シャノンの母親はほっそりした体型で、茶色の髪をショートカットにしている。そして、興味をそそられたときはとにかくじっと相手を見る癖があった。今も穴があきそうな勢いで娘を見つめている。一方のシャノンは母親の観察にたじろぎ、口ごもりつつ曖昧《あいまい》な否定の言葉をつぶやいた。

「私の勘違いだなんて言わないでちょうだいね」母親はこれ以上反論はさせないわと言わ

んばかりの口調で言った。「あなたは本当にやせてしまったわ。これではあなたの敬愛する立派なお友達が心配するのも無理ないわね」母親は娘が敬愛する立派なお友達に温かい共感のまなざしを向けた。シャノンはくるりと振り返り、満足げなケインの顎に一発お見舞いしてやりたい衝動をなんとか抑えこんだ。

「彼は私が敬愛する立派なお友達なんかじゃないのよ、お母さん。彼は私の雇主で、私を心配する理由なんてなにもないの」シャノンの声は、あとで必ずお返しをさせてもらうわとケインに告げていた。「彼がつまらない理由でお母さんをわざわざアイルランドから呼びつけたんじゃなければいいけど！」

「かわいい娘の健康はつまらない理由なんかじゃないわ」母親がたしなめるように言った。「あなたはロンドンでの生活はすべて順調だと私に信じこませていたじゃないの、シャノン。私は神様に感謝しているのよ。あなたの恋人が良識ある男性で、私に事実を知らせてくれたことをね！」

「彼は私の恋人なんかじゃないわ」

当の男性はついにキッチンに入ってきてシャノンに近づき、コーヒーでもどうかと声をかけた。

「それともアルコールにするかい？　ワインを飲むにはまだ少し早いようだが……」

「あら、シャノンはお酒は飲まないのよ。私たちには濃い紅茶をいただけるとありがたいわ。そのあとでゆっくりと、いろいろなことについてお話ししましょう」

「いいですね」シャノンが自分に向けている殺気だった視線を無視し、ケインは言った。

「僕がお茶を運んでいくから、君たちは居間に移動してはどうかな?」彼がなだめるような笑みを浮かべるのを見て、シャノンは叫び出したくなった。「それからお土産にいただいたお手製のショートブレッドビスケットもありましたね、ローズ」

ローズ? ローズですって? ケインと母はいつのまにファーストネームで呼び合う仲になったのだろう? またしても母親がケインに温かい笑顔で応《こた》えているのを見て、シャノンは唖然《あぜん》とした。母はすっかりケイン・リンドレーに魅了されてしまっている。シャノンは急いで母親を連れてキッチンを出ようとして、一瞬うしろを振り返った。するとケインはカウンターにのった缶をいそいそと開けていた。おそらくあれが、我が家自慢のショートブレッドビスケットだろう。

「なんてすてきな家かしら。あなたもそう思うでしょう?」廊下を通り抜けて居間に向かう途中、母親は満足げにあたりを見まわして言った。「ケインが家の中を案内してくれたけど、本当にすばらしいわね。騒がしくて薄汚れた町の真ん中にこんな閑静な場所があるなんて驚いたわ。まるで天国みたいね」

「彼が家の中を案内してくれたですって? いったいいつからここにいるの、お母さん?」

「そうね、十一時半くらいかしら。それにしても、本当に骨と皮みたいになってしまったじゃないの、シャノン。ちゃんと食べていなかったんでしょう? 私はてっきり、あなたはもう自分の面倒くらい自分でみられる年ごろだと思っていたけど、こんなことならもっと気をつけてあげるべきだったわ! だからあれほどロンドンに来るのは間違いだと言ったのよ。たった一人で、家族と離れて暮らすなんて」母親はそう言ってかぶりを振った。

シャノンは頼みの綱が自分の手を離れ、消えていくような気がした。「お母さんに連絡する権利なんて、ケインにはないはずなのに」

「彼にはすべての権利があるわ、ダーリン。神様などいないようなこの都会で、あなたの健康を心配してくれる人がいるなんてありがたいことよ。彼はあなたのフラットについてどんなに心配しているか、私に話してくれたわ」

「私のフラットなら問題ないのよ、お母さん」シャノンは力なく抗議した。「少なくとも、私には」

「だったら私が審査員になるわ。一番いいのは、あなたと一緒に行って自分の目で見てみることだってケインも勧めてくれたから」

目の前にいる強引な人物の前で、最後まで残っていたシャノンの防御壁も崩れ去っていった。

すべてを引き起こした張本人に激しい怒りをぶつける機会がやってきたのは、その夜遅く、シャノンの母親が客間の一つに落ち着いてからのことだった。

「あなたは……あなたは……卑劣だわ！」シャノンは唾《つば》を飛ばして言いながら、足を踏み鳴らしてキッチンに入っていった。ケインは動じるようすもなく平然としていた。彼は今夜、もっともらしい理屈を並べたててシャノンの母親の機嫌をとり、立派な紳士らしい態度で母親として当然の心配をやわらげることに成功していた。

「コーヒー？　それとも、仕上げの一杯にするかい？」

「ごまかさないでちょうだい！」シャノンは激しい怒りのこもった視線をケインに向けた。「自分の思いどおりに事を進めるために、なぜ気の毒な母を呼びつけたりしたの？」

「まあ、座ってくれ。まるで爆発寸前のような顔をしているじゃないか」ケインは控えめな口調で言った。そして、キッチンのテーブルの向かいの席を示したので、シャノンは低い声で悪態をついてどさりと腰を下ろした。「さあ、静かに大人らしく話をしようじゃないか？」非難がましく自分を見ているシャノンの目の前で、ケインは落ち着き払ってポートワインを飲んでいた。「本当にワインをつき合わないのかい、かわいい禁酒主義者さん？　酒を飲まないとお母さんに思いこませているなんて、本当に驚いたよ」

「私もワインをいただくわ」シャノンは歯噛《はが》みして言った。「陰謀を企てているあなたのその頭にかけてもいいならね」

ケインはかぶりを振り、グラスにワインをついだ。「ずいぶん子供じみたことを言うね。

お母さんは僕の主張を完全に理解してくれたじゃないか。もっとまともな部屋を見つけるまで僕の家に住むことをお母さんも祝福してくれたというのに、君はうれしくないのかい？　もちろん、エレノアのこともお母さんに話しておいたよ。そうしたら、君が独りぼっちで暮らすよりも家族に加わって暮らすほうがいいと喜んでくれた」

「私の生活に口出ししないでちょうだい！　あなたにはそんな権利は――」

「君は人の力を借りたくないんだね。だが、あえて他人の力を借りることが、ときにはその人の度胸を示すことにもなる。もし僕と同じ家に住むことを恐れているなら……」

「恐れる？　なぜ私が恐れたりするの？」

「さあね。ここに移ってきたら、いろいろなことが変わってしまうと思っているからだろう。雇主と雇人の関係が曖昧になってしまう、とか……」

「そんなこと思ってないわ」シャノンは冷たく言ったが、僕の存在がなんらかの形で君に影響を与えるのだろうとケインに指摘されて動揺していた。すぐ近くで暮らすようになったら、ケインは私がのぼせあがると思っているのだろうか？

「だったら、どこか住む場所が見つかるまでほんの一カ月や二カ月、他人の力を借りても問題ないじゃないか。君の自由が奪われることは絶対にないし、僕は君の人のよさにつけこもうなんて思ってもいない」ケインはそこで言葉を切り、考えこむように顎を撫《な》でた。

「まあ、君は人がいいとは言えないかもしれないがね」そして、いたずらっぽくつぶやいた。「では、こうしよう。ここに来るのもここを出ていくのも、すべて君が好きなように決めればいい」

「私の母をどうやって説得してここに呼んだの？　なぜ母の住んでいる場所がわかったの？」

「二つ目の質問に関しては、お母さんのことは君の個人ファイルにのっているからわかった。それから一つ目の質問だが、僕はただ彼女の良心に訴えて、君のようすを見に来てほしいと言っただけさ」

「胸が悪くなりそうな言葉ね」いくらわめきちらし、罵《ののし》りの言葉を吐いても事態は変わらないだろう。母親はキャリーの料理に感激し、ケインのことを褒めちぎっていた。そして、部下の健康まで心配してくれる情け深い雇主を持ったことを感謝すべきだと、シャノンに言った。

「お母さんはそうは思わなかったみたいだ。実際、彼女は僕のことをとても責任感が強くて思いやりのある男だと思ってくれたらしい」

彼といるとこんなに心がかき乱されるのに、たとえ一週間でもどうやって一緒に暮らすことができるだろう。頭がおかしくなってしまうに決まっている。だが、私はここに移り住んでくるしかない。ほかに残された道はないのだから。

「もし、私がここに移ってくるなら――」

「それはいつのことかな?」

「いくつか基本的なルールを決めさせてもらうわ」ケインの気取った質問を無視し、シャノンは続けた。「まず第一に、たとえタイプしてほしい仕事があっても、勤務時間外まであなたの秘書を務めるつもりはないわ。第二に、私はなにをしているのかとだれかに肩ごしにのぞきこまれたりするのは、絶対にいやなの」

「君は僕が思わずのぞきこみたくなるようなことをするつもりなのかい?」ケインは穏やかに尋ねた。

「第三に、私は出かけたり帰ってきたりする時間をいちいち報告するつもりはないわ。それから、第四にあなたに家賃を払いたいの」

「家賃は絶対に受け取らない」ケインは恐ろしげな口調で言った。

「人の好意に甘えるのはいやなのよ」シャノンは断固として言い張った。

「なぜだい? ときには一歩引いて物事の全体を見るのも大切なことだ。そうしないと、つまらないもののために貴重な機会を逃してしまうはめになる。僕が君にできる最も重要なアドバイスは、長期にわたる展望をしっかり持ったほうがいいということだ。人の好意を素直に受けずにいたら、僕は今日のような立場には立てなかっただろう」

シャノンは疑わしげにケインを見た。「あなたが他人の好意を受けるなんて想像もつかないわ」

「おや、いつも酒を飲まない人にしては記録的な速さでグラスをあけているね。もう一杯つごうか?」ケインは意地の悪い笑みを浮かべて楽しげにシャノンを見た。「アイルランドにいたころは全然飲まなかったのかい?」

「もちろん飲んでたわ！　ただ……家では飲まなかっただけよ」

「あの感じのいいお母さんに内緒にしていることがまだほかにもあるんだろう?　お母さんは、君がロンドンで無責任でだらしない生活を送っていることを知っているのかい?」

「私は無責任でだらしない生活なんて送ってないわ！」そのとき、シャノンの頭に悪夢のような場面が浮かんだ。母親に仕事を終えたあとの過ごし方について尋ねられ、曖昧な返事をしているうちに最後にはつじつまが合わなくなってしどろもどろになっている自分の姿が。「もう干渉しないでちょうだい」シャノンは思いついたようにそうつけ加えた。

「わかったよ」ケインは立ちあがって伸びをした。「どうせ僕はお節介な老人だからね」

「私が思うに」シャノンは愛想よく言った。「人間は年を取ると、他人の生活に干渉すること以外になんの楽しみもなくなってしまうんじゃないかしら。人のまわりをうろついてちょっかいを出したり、あれこれ詮索《せんさく》したりね。そういうことがどれだけ他人をいらだたせるか考えられなくなるのよ」

「それは一理あるな」ケインは認めた。しかし、シャノンがつかのまの勝利にひたる前に、彼は声をひそめて続けた。「今度機会があったら、僕が他人のお節介をやくしか楽しみのない愚かな老人に見えるかどうか、ローズにきいてみよう」そして、特別におもしろいことを思いついたかのように一人で静かに笑った。「たぶんローズは、僕の哀れな傷ついた自尊心を必死になって癒《いや》してくれるだろうな」

シャノンがなにか辛辣《しんらつ》な言葉を返してやろうと考えをめぐらせている間に、ケインはキッチンのドアに向かって歩いていったが、ふいに足をとめて振り返った。

「ああ、伝えるのを忘れていたが、お母さんには君が二、三日仕事を休むと伝えておいたよ。引っ越しと、お母さんにこのあたりを案内するためにね。あらかじめ言っておくが、僕に礼を言う必要はないよ」ケインはそう言うと、シャノンが報復の言葉を投げつける前にキッチンを出ていった。

「どうしてお母さんのような人がケイン・リンドレーにうまくまるめこまれてしまうのか、私にはわからないわ」二日後、空港のラウンジで母親のフライトナンバーがアナウンスされるのを待ちながら、シャノンはぶつぶつ言った。母親の旅を華々しく終わらせるとは、まったくケインらしい。アイルランドまでのファーストクラスの航空運賃は、きっと途方もない金額なのだろう。心の中でそうつぶやき、母親に向かってそれを口に出そうとしたとき、シャノンははっとした。これではまるで、自分の思いどおりにならないからと負け惜しみを言っているわがまま娘みたいだ。

「さあ、もうばかなことは言わないで、シャノン。私は別にまるめこまれたわけじゃないわ。ケインがあなたを自分の保護のもとにおきたいと言ったから、私は完全に彼を信用しただけよ」

「どうして？」シャノンは叫んだ。「どうして彼を信用できるの？」

「彼は今どき珍しい本物の紳士だからよ。それに、エレノアもとてもかわいい女の子ね。見ているだけで、あの子があなたのことを大好きだってことがよくわかるわ」母親は娘に向かって温かくほほえんだ。「あなたは昔から小さい子供に好かれる才能があったわね。その才能はきっとあなたを幸せにしてくれるわ。しばらくあの家に住み、きちんと食事をとって、今よりもっといいところに住むためのお金をためられるんだから」

　母はすっかり洗脳されている。そう考えただけで、シャノンは気分が悪くなりそうだった。だが、日がたつにつれ、シャノンはケインが約束を守っていることを認めざるをえなくなった。キャリーは相変わらずエレノアを学校に迎えに行ってくれているし、最初の晩には、出かける予定のある日はいつかと尋ねてきた。その日はキャリーがエレノアの面倒をみてくれるというのだ。どうやらシャノンがフルタイムの養育係《ナニー》にされる心配はまったくなさそうだった。

　もちろん、朝は礼儀正しく申し出を受け入れ、会社までケインと一緒の車に乗って出勤しなくてはならないということもない。彼は七時前には家を出てしまうので、シャノンは出かけるまでにゆっくり気持ちを落ち着けることができた。それに、オフィスにいるときの彼は仕事に没頭していた。この状況がどれほど長く続いても、私のプライバシーが侵されることはないだろうとシャノンは思った。

そんなふうに大きく生活が変わった中、シャノンはエレノアの学芸会のことを忘れそうになっていた。ある朝、学校に出かける前にエレノアがそのことを口に出したときにはっと思い出したのだ。

「今日の午後の予定を、あなたが忘れていないといいけれど」シャノンは自分のオフィスに入っていくとすぐに言った。ケインが彼女のデスクの前に座り、トレイの上の書類をかきまわしていたからだ。

「ジョーンズ社の書類を見なかったかい？　昨日、帰宅する前までは僕のデスクの上にあったはずなんだが」

「ブリーフケースの中は調べてみたの？」

「なかなか鋭い指摘だな」ケインは成果のあがらない調査をあきらめ、シャノンに注意を向けた。「今日の午後ってなんの話だい？」

「エレノアの学芸会でしょう？」

「ああ、そうか。ちくしょう」

「あなたが現れなかったら、あの子はひどくがっかりすると思うわ」シャノンは静かに言った。「長引いたら困るから、今日の午後一時半以降は会議を入れないようにしておいたのに。残念だけど、あなたには失望したわ。学芸会のことを忘れていたなんて信じられない。エレノアは何度も私たちに演技をしてみせてくれたのに！」そう言ったとたん、シャノンは自分たちの間に家庭的な温かい雰囲気が流れていることに気づいた。上司と秘書――気がつけば不自然な状況のまま上司の家に住んでいる秘書――ではなく、どこにでもいそうな幸せな夫婦の会話みたいだ。

「冗談だよ」ケインは立ちあがって椅子をシャノンの方に向け、背もたれに両手をかけたまま言った。

「どういうこと？」

「もちろん、学芸会のことは覚えている。数カ月前の僕なら忘れていたかもしれないが、今の僕はあのころとは違うからね」ケインはシャノンが椅子の上にきちんと座るのを待ってからくるりと回転させ、自分の方に向けた。そして椅子の両わきに手をかけ、彼女の方に身を乗り出した。「最近、僕たちの家庭的な毎日がとても魅力的に思えるんだ。君もきっとそう思っているだろうが」

ケインがあまりに近くにいるので、シャノンは頭がくらくらした。「私たちは家庭的な毎日なんて送ってないわ」

ケインは意味ありげに眉を上げ、体を起こした。「三時にここを出よう。そうすれば、学校に行く前に着替える時間は十分あるだろう?」シャノンを混乱させたまま、彼はさっさと思慮深い雇主の役割に戻った。そして、首をかしげてシャノンを見つめ、彼女の答えを辛抱強く待った。

シャノンは口ごもりながらやっとの思いで賛成の意思を示したが、そのあとは仕事がまったく手につかなかった。いつもなら、仕事を始めればすべての考え事は頭から消え去り、目の前のことだけに集中できる。それなのに、シャノンの思考はいつもどおり働くことを拒否し、〝どんでもない空想の道〟を陽気に駆け抜けていた。

学校の行事のためにめかしこむのは、妙に楽しい気分だった。きょうだいの学芸会や賞の授与式、運動会などに出かけたことはあるが、保護者の立場で学校の行事に参加するのは初めてだ。シャノンはグリーンと黒のチェックのスカートに濃いグリーンのセーターを合わせ、ロングブーツをはいた。これらはすべてケインのもとで働きだしてから買ったものだ。髪はつやが出るまで丁寧にブラシをかけ、顔にかからないように両サイドを鼈甲《べっこう》のバレッタでとめた。ケインが自分の姿を見て完璧《かんぺき》だと褒めてくれたとき、シャノンはおかしいくらいうれしくなった。

学芸会のほうも完璧だった。エレノアはせりふを一つ残らず覚えていたし、動物や草木の役の子供たちもみんな自分の役割をきちんと果たしていた。

そのあとファーストフード店で夕食をとっているとき、シャノンは学芸会でのさまざまな体験や、きょうだいたちの身に起きた災難について話した。過去の思い出を語っていると、学芸会でキリスト降誕の衣装を身につけて十秒間だけスポットライトを浴びたときの興奮がよみがえってくる気がした。その間に何度かケインの方に目をやったが、彼はじっとシャノンを見つめていた。まるで過去の思い出を語る彼女に心を奪われているかのように。やがてケインも思い出話に加わり、少年のころの数々の出来事をおもしろおかしく語った。

三人で家に帰り着くとすぐに、エレノアはベッドに入った。そのあとコーヒーを飲んでいるとき、シャノンは自然のなりゆきでケインの妻について尋ねていた。きっと答えたがらないだろうとシャノンは思ったが、彼はゆっくりと時間をかけて妻のことを話してくれた。二人は互いに一目ぼれだったという。

「だが」考えこむようにコーヒーカップを撫でながら、ケインは言った。「振り返ってみると、僕たちがお互いに夢中になっていたときのあの気持ちが、もっと強い絆《きずな》へと深まっただろうかと疑問に思うことがある。僕はふだん、自分の私生活について話して他人をうんざりさせるようなことはしないんだが……」

二人の視線がからみ合い、シャノンの鼓動が速くなった。「どう言えばいいんだろう? 僕たちは立ちどまって考えることもなく突っ走り、結婚した。そして、一年もしないうちにアネッタは妊娠した。今思うと、僕たちはどれだけお互いのことを知っていたのか疑問になる」

「なぜそんなふうに思うの？」シャノンは尋ねた。

ケインは考えこむようにシャノンを見つめた。薄明かりの中、彼の顔はどこかよそよそしく見えたが、それは亡くなった妻のことを率直に話している事実とはひどく不つり合いに思えた。

「アネッタは妊娠したと知って、ひどく取り乱していた。計画していたことではなかったし、結局のところ、お気楽な日々もこれで終わりだと思って彼女はぞっとしたんだろう。僕のほうは、女性はどんなときも妊娠を喜ぶものだと思っていたんだが」君ならわかるだろうと言いたげに、ケインはシャノンをじっと見つめた。

彼女は肩をすくめて言った。「だれもがそうだとは限らないわ。私はうれしいと感じるでしょうけど」彼女はかすかにほほえんだ。「自分のおなかの中で赤ちゃんが育っていくのよ。その成長を実感したり、生まれてくることを心待ちにできるなんて、どんなにすばらしい気持ちかしら」

「君ならきっとそう言うと思ったよ」長い沈黙が流れた。その間、シャノンは木々の葉を揺らして吹き抜けるやさしい風の音を聞いていた。「君は少女のようでもあり、とても女らしくもある」

「少女のようでもあり、女らしくもある？　それはどういう意味かしら？」シャノンは二人の間に漂う親密な雰囲気をかき消そうとして笑ったが、ケインの瞳から視線をそらすことはできず、笑い声はしだいに喉の奥へと消えていった。

「別の言い方をすれば……セクシーだということさ」

セクシーという言葉が頭の中でこだまし、シャノンは思わず唇を湿らせた。ケインの緊張が伝わってきて、シャノンの神経がますます張りつめる。だが、同時に彼女の中には言葉にできないほどの激しい興奮がわき起こっていた。

そのとき、二人の間のわずかな距離を縮めるようにケインが身を乗り出した。彼の冷たい唇が自分の唇に触れるのを感じ、シャノンは目を閉じた。

8

これこそ私がずっと待ち望んでいたものだわ。ケインの唇が自分の唇に触れた瞬間、シャノンはそう悟り、体が吹き飛ばされるようなショックを受けた。それはゆっくりとじらすようなキスだった。ケインはシャノンの頭のうしろに手を添えて彼女を抱き寄せ、舌で唇をさぐり、味わった。シャノンはケインに体をあずけて彼のキスに溺《おぼ》れ、二人の間に木製のテーブルがあることも忘れていた。彼がついに体を離したとき、シャノンは自分が震えていることに気づいた。

なぜやめてしまうの？　そう思いながらシャノンが目を開けると、ケインがじっと見つめていた。

「どうしたの？」シャノンは身を乗り出して再びまぶたを閉じた。だが、ケインが彼女の唇にそっと指を押し当てたので、ぱっと目を開けた。

「今のことについて、僕たちはきちんと話し合う必要がある」

話し合うですって？　こんなときに、どうして話し合いをしようだなんて思えるの？

「なぜ？」シャノンは叫んだ。「なぜ話し合いなんかしなくてはならないの？」

ケインは椅子の背にもたれ、頭のうしろで両手を組んだ。

「あなたがいやなら……もしそうなら……あなたを刺激するのはやめておくわ。それで、話というのは……？」今にも涙がこぼれ落ちそうだったが、シャノンは引きさがるつもりはなかった。ケインは冷酷な現実に直面して一瞬の衝動について考え直し、それがつまらないものだという結論に達したのだろう。彼が本当に私を求めているなら、キスをやめて体を離すことなどできなかったはずだし、あんなふうに椅子にもたれ、僕たちは話し合う必要があるなんて言わなかったはずだ。

シャノンが立ちあがると、ケインは静かに言った。「座るんだ、シャノン」

シャノンは答えるかわりにテーブルに背を向け、足を踏み鳴らしてキッチンを出ていこうとした。屈辱のあまり流れそうになる涙を必死にこらえて。こんなときにエリック・ガルウェイのことを思い出すなんて、ひどく皮肉な話だ。かつてシャノンは愚かにもエリックを生涯の恋人だと思っていたが、彼はこんな気持ちを呼び覚ましはしなかった。彼の誘惑は強引でわかりやすく、しかも洗練されていて、シャノンをベッドに連れていこうとする話術も実に見事だった。

だが、エリックがシャノンの情熱をかきたてようとすればするほど彼女はひるんでしまい、長年たたきこまれてきた貞操観念を捨て去ることができなかった。結婚前に男性とべッドをともにするなんて許されないと、彼女は固く信じていたのだ。

今の私をエリックに見せてやりたいと、シャノンは思った。どんなルールにも縛られていないこの私を。そんなものはすべて水平線のかなたへと消え去っていたが、それはケイン・リンドレーに対する思いがエリック・ガルウェイに抱いていた思いとはまったく違うからだった。今の自分の気持ちが力強くまっすぐで本物だと感じるのは、私がケインに恋しているからだろう。

そう気づくと、シャノンは胸がいっぱいになり、目が刺すように痛んだ。

いつのまにかケインは二人の間の距離を縮めていて、シャノンは知らぬ間にしっかりと手首をつかまれていた。

力で争おうとしてもむだだと思い、シャノンは言った。「いいわ、話したいなら勝手に話してちょうだい！　胸につかえているものをすべて」

「ここではだめだ。居間に行こう」ケインはシャノンに答える隙《すき》を与えず、彼の手から逃れようとむなしくもがいている彼女を引っぱっていった。

居間は真っ暗だったが、ケインは部屋の照明をつけるかわりにサイドテーブルのランプをつけた。そのまま彼女をソファまで連れていき、隣に座るまでつかんだ手首を放さなかった。こんなに近くに彼がいては、ドアに向かって走り出すこともできないとシャノンは思った。だが、本当はそんなことはどうでもよかった。キッチンから居間にやってくるまでの間に、自分が取るべき選択肢について十分考えることができたからだ。選択肢といっても二つしかない。この状況からなんとか逃れようとむだな試みをして、今よりもっと威厳をそこなうことになるか、あるいは、屈辱的なケインの拒絶をできる限り平然と無視するかのどちらかだ。

「二人ともさっきのことは忘れてしまえばいいんじゃないかしら？」シャノンはケインの視線を痛いほど感じつつ、暖炉を見つめたまま口を開いた。

「君は勝手に思いこんでいるんだ」ケインは皮肉っぽく言った。「僕があれは過ちだったと思っているとね」

「違うの？」シャノンはぱっとケインの方を見た。しかし、彼の表情からはなにを考えているのかまったく読み取れなかった。「それならどうして途中でやめたりしたの？」

「それは、さっきのキスが君にとって単なる過ちでは終わらないことを知っておく必要があったからさ」

「とても寛大なのね、ミスター・リンドレー」シャノンは辛辣《しんらつ》な口調で言った。「それで、あなたのほうはどうなの？　あなたにとってあのキスが過ちであるとわかったらどうするつもり？」

「僕はなんとか対処できるさ」

「私にはできないっていうの？」

「エリック・ガルウェイとの経験に頼って行動するしかないとしたらね」

ほら、まただわ。シャノンは絶望的な気持ちでそう思った。情熱に駆られているはずなのに、ケインのいまいましい慎重さが顔を出す。女性とベッドをともにするとき、彼はいつもこんなふうにふるまうのだろうか？ それとも、自分の面倒をみることにかけては私はまったくの無能だと思いこんでいるのだろうか？ あるいは、僕には近づくなと私に警告しているのだろうか？ ケインの態度に隠された意図をなんとかさぐろうとシャノンの頭は音をたてて回転していたが、ついにショートしてしまった。

シャノンは声をあげて短く笑い、皮肉っぽく言った。「あなたは情熱を消し去るのがとても上手ね」

ケインの黒い眉がつりあがった。「僕の情熱は依然として燃えあがっているよ。信じられないなら、自分の目で確かめてみたらどうだい？」

シャノンは咳《せき》払いし、ケインに触れたいという思いを必死に抑えこんだ。だが、彼はまったく動揺したようすもなくシャノンの手をやさしくつかみ、自分の膝の上にのせた。

「僕と愛し合いたいと思っているんだろう、真っ赤な髪のお嬢さん？ 僕には君の気持ちがわかっている。それに、僕も君と愛し合いたいと思っている。だが、愛し合うなら一度だけでは足りないだろう。絶対にね」

その言葉が頭の中で何度もこだまし、シャノンの思考をとめてしまった。彼女はケインの言ったことを理解するために、必死で意識を集中しなくてはならなかった。

「つまり、あなたは私と関係を持ちたいということね？」シャノンはつぶやいた。

「いや、それ以上だ」

ほんの一瞬、シャノンの中に幸せな気持ちがどっとこみあげた。結婚という未来が遠くで輝いている。ケイン・リンドレーとの甘い結婚生活。彼と永遠の愛を分かち合い、彼の子供を授かり、二本の木がからみ合うように、彼とともに年を重ねて幸せに生きていく……。

「僕たちが恋人同士になることを、君にも同意してほしいんだ」

「恋人同士？　それはいったいどれくらいの期間なのかしら？」

「その質問に答えるのはむずかしいな、シャノン」ケインはやさしげな声で言った。「僕はウエディングベルやおとぎ話のハッピーエンドみたいな性急な約束はできないし、するつもりもない。君のほうもそんなことを言われたら困るだろう？」

失望がどっとシャノンに押し寄せてきた。だが、彼女は一秒とかからずに心を決めた。

「わかったわ」そして、目を閉じて言った。「答えはイエスよ」

「イエス？　それは、そんなことを言われたら困るという意味かい？」

シャノンはケインを見た。二人が決して分かち合うことができないものを思うと胸が苦しくなるが、これだけでも十分だと自分に言い聞かせる。ケインの言うことはもっともだ。

人生はつらいものだし、おとぎ話のような幸せな結末なんて現実には存在しないのだから。私に望めるのは、チャンスがあったら必死に幸せのかけらをつかみ、夢に夢を見させることくらいだ。

「あなたの恋人になるわ」なぜなら、あなたを愛しているから。シャノンは心の中でひそかにつけ加えたが、その危険な言葉は胸にしまいこんだ。さもなければ、自分が心から切望しているものに背を向けることになる。

ケインはほほえみ、シャノンのこめかみにかかった髪を払った。彼女はその手を取り、そこにそっと頬を押し当てた。

「本気なんだね、ダーリン？」

「ええ、本気よ」シャノンはケインに体をあずけ、彼に唇を重ねた。積極的な態度に出ながらも、彼女はまだ自分の決断に自信が持てずにいた。これでいいのよ。結果がどうなろうと、私はきっと対処できるわ。

さっきのキスとは違い、ケインの舌はシャノンの舌に荒々しくからみついてきた。彼の胸に当てた手からは激しい興奮が伝わってくる。やがてケインは唇を離し、シャノンの首に舌を這《は》わせていったが、耳のうしろで動きをとめ、舌の先で彼女の柔らかい肌を刺激した。

「どこが感じるんだい、シャノン？」低くかすれた声でケインが尋ねた。「どうしたら君は気持ちがよくなるんだい?」

「わからないわ」シャノンは小さな声で答えた。「でも、これは……とても気持ちがいいわ」

「気持ちがいいだけかい?」ケインが静かに笑った。その吐息が耳元にかかり、シャノンの全身を震えが駆け抜けた。

「そうね……すばらしいとも言えるわ。それなら満足かしら?」

「とりあえずはね」

ケインはシャノンのセーターの下に手をすべりこませ、ゆっくりとブラジャーの縁をたどった。たいらな腹部に手をすべらせていき、スカートのウエストバンドのあたりでいったん動きをとめたが、やがて探険を再開して腿のあたりまで到達した。しわくちゃになったスカートの下では、薄いストッキングが彼の指とシャノンの肌をまるで鉄のおおいのように隔てていた。

「だが、今度は」ケインがつぶやいた。「僕のために服を脱いでほしい。できるだけゆっくりとね。この目で君をあますところなく味わいたいんだ」

シャノンは立ちあがり、じっと自分を見ているケインを見つめ返した。彼は私にストリップショーをさせたいのだろうか? だが、不安を覚えるどころか、シャノンはとてもエロチックな気分になっていた。ゆっくりセーターをたくしあげて頭の上から脱ぎ去り、床へほうり投げる。ファスナーを下ろしてスカートを床に落とし、輪の中から足を引き抜いた。次はブーツだ。彼女は前かがみになり、簡単に脱ぎ捨てられるようブーツの紐《ひも》をゆるめた。裸の私の姿を今までだれも見たことがない。少なくとも、こんな姿の私は。

興奮がまるで熱い溶岩のようにシャノンの中にわきあがっていた。ストッキングを脱ぎながらケインを見あげると、二人の視線がぶつかった。今や彼女はレースのついたブラジャーとパンティしか身につけていない。彼女は背中に手をまわし、ブラジャーのホックをはずして脱ぎ捨てた衣類の方にほうり投げた。無意識のうちに胸を手で隠したくなったが、ケインの顔に浮かんでいるあからさまな欲望に興味をかきたてられ、シャノンはそのまま彼に近づいていった。するとケインが彼女を引き寄せて膝の上に座らせたので、彼の唇の前につんととがった胸の蕾《つぼみ》が突き出る格好になった。

シャノンは静かにため息をもらしてケインの髪に指をからませ、彼が胸の蕾を口に含むのを見おろしていた。片方の蕾から唇を離すと、今度はもう片方の蕾を口に含む。しだいに高まる興奮にシャノンが耐えられなくなるまで、ケインの舌は敏感な蕾を刺激しつづけた。

「心配いらないよ。僕が気持ちよくしてあげるから……」

シャノンの胸の先端は硬く張りつめ、濡《ぬ》れたような輝きを放っていた。ケインは蕾を再び口に含みながら、たいらな彼女の腹部から下に向かって手を這わせていく。そして彼女のパンティの中に手をすべりこませ、脚の間にてのひらをそっと当てた。シャノンは彼の手を押しあげるように体をのけぞらせ、かすかに口を開いて喜びの声をもらした。

「ここに触れると気持ちがいいんだろう?」ケインは息を切らし、シャノンの耳元で言った。「わかってるさ。君の喜びが伝わってくるからね」彼はゆっくりと体を離し、シャノンをソファに横たわらせた。そして立ちあがって服を脱ぎはじめたケインを、今度はシャノンがじっと見守った。

シャノンの想像どおり、ケインの体はすばらしかった。シャツを脱ぎ捨てるとたくましい筋肉があらわになり、広い肩がほっそりしたウエストと引き締まったヒップをさらに強調していた。ついに堂々と裸体をさらけ出したケインを、シャノンはうっとりと見つめた。

続いてケインはシャノンの下着を取り去ったが、すぐに彼女の隣に横たわろうとはせずに、その場に立ったまま彼女の一糸まとわぬ姿を親しげに見つめていた。シャノンはそんな彼の視線に促されたように、かすかに脚を開いた。

二人は貪《むさぼ》るように見つめ合った。そして、高まる欲望にシャノンがもう耐えきれないと思ったとき、ケインはひざまずいて彼女をそっと自分の方に向かせ、脚の間にやさしく息を吹きかけた。シャノンは思わずむせび泣いた。

ケインがそのまま舌を這わせると、シャノンは声をあげて彼の肩をつかみ、興奮のあまり彼の髪をかきむしった。

やがてケインは静かにシャノンに体を重ねた。彼女が少しでも苦痛を感じることのないよう、慎重に注意を払って。だが、シャノンの体はすっかり彼を受け入れる準備が整っていた。ケインはゆっくりだった動きをしだいに速め、全身に震えが走るようなクライマックスへとシャノンを導いた。

そのあと、ケインはまるで興奮した馬をなだめるように、シャノンの脚をやさしく撫《な》でていた。それからやさしく彼女の胸の輪郭をたどり、指で小さな円を描きながらピンク色に張りつめた蕾に触れた。

「そろそろベッドに入る時間だ」

「もう?」シャノンはけだるそうにため息をついた。

「僕のベッドだよ」ケインのその言葉を聞き、シャノンは喜びのあまり声をあげた。

「でも、エレノアは?」

「眠っていて気づかないさ。僕は君のボスだ。僕の指示に従うのは君の義務だろう」ケインはシャノンの胸を手で包みこみ、親指で蕾に触れた。

「つまり、私には選択の余地はないと言いたいのね?」シャノンはソファの上で身をくねらせ、からかった。

「そのとおりだ」

シャノンはくすくす笑い、素直にケインの命令に従った。暗闇《くらやみ》の中で衣類をすばやく拾い集め、二人は手をつないでケインの寝室に向かった。柔らかい絨毯《じゅうたん》の上を歩く二人の足音がかすかに響いた。

シャノンは今までの人生で、自分がこれほど完全になったと感じたことはなかった。これは単なる情事のスタートにすぎない。私たちは愛情で結ばれているわけではないし、将来に続く約束をしているわけでもない。しかしそんな事実も、私の全身に泡のように広がる喜びを消し去ることはできないとシャノンは思った。

「君はなにかのんでいるのかい？　その……」窓際に置かれた二人掛けのソファに服をほうり投げ、ケインは尋ねた。

シャノンはわけがわからずにぼんやりと彼を見た。「なにかって？」

「避妊薬の類《たぐい》さ」ケインは言った。

そんなことは考えてもいなかった。だが、シャノンは自分の体の生物学的な機能についてはきちんと理解していたし、今は妊娠の可能性はほとんどない時期だとわかっていた。

「今は安全期間なの」シャノンは早口で言った。「どうしてそんなことをきくの？　あなたは私がピルを服用すべきだと思っているの？　私はそういう考え方はあまり――」

「しーっ」ケインはシャノンを抱き寄せ、彼女の頭を自分の肩にそっと押しつけた。「それは君の責任であるのと同じく、僕の責任でもある。もし君がピルを服用したくないなら、僕が必要な避妊のための手段をとるよ」

シャノンは目を閉じてほほえんだ。どうしてこの男性に恋をせずにいられるだろうか？　彼といると安心する。彼はまるでこの世界の不愉快なことから守ってくれる繭《まゆ》みたいだ。

「あなたは気にならないの？　私がこんなに……」

「こんなに、なんだい？」ケインはキングサイズのベッドにシャノンを促し、キルトの上掛けをさっと広げた。その下で、彼の大きな体がシャノンの小柄な体を包みこんだ。

「こんなに……世間知らずなことが」シャノンは言った。「つまり、その……これまであなたがベッドをともにしてきた女性たちはみんなピルを服用していたんでしょう。だからあなたは、思いがけない事態に見舞われることを心配する必要などなかった」

「妻のことは別にして、と言いたいんだろう？」

「ええ、そうね」

「僕はいつでも注意深いんだ」ケインは考えこむように言った。「あとになって状況にコントロールされていたと気づくより、意識して状況をコントロールしているほうがいい。たとえ君が世間知らずでも、僕はかまわないよ」ケインはシャノンの顎に鼻をこすりつけてから肘をついて体を起こし、彼女を見おろした。「君は僕の中の荒々しく野蛮な男を呼び覚ます……そうは思わないかい？」

「さあ。そんな言い方が適切かどうかわからないけれど」

「それじゃあ、保護者というのはどうだい？」

「そうね。それならわかるわ」シャノンは皮肉っぽく言った。「母を突然呼び寄せたりしたのがいい証拠よ」

「僕がずっと君を守りつづけると知ったら、お母さんはどんなに喜ぶだろう」ケインはすました口調で言った。「厳しく君を監視し、まじめな生活から足を踏みはずさせないようにすると言ったら?」

「きっと大喜びするでしょうね」シャノンは笑ってそう言ったが、ケインとの関係は絶対に秘密にしておかなくてはならないと思った。

しかし三週間後、二人の関係を完全に秘密にしておくのはむずかしくなっていた。あえて口にはしないが、周囲の人々はきっと私たちの変化に気づいていると、シャノンは思った。二人は欲望を抑えきれず、オフィスで愛し合うことさえあった。

「もしどうしてもクリスマスをこっちで過ごせないと言うなら」ある朝、ケインが言った。「できるだけ早くアイルランドから戻ってくれ」

「会社の規則によれば、二週間は休暇が取れるはずだけど」

ケインは信じられないという表情でシャノンを見た。「二週間だって耐えられないよ」

「考えておくわ」

「それから、毎日電話をするように」

「しなかったらどうなるのかしら、社長?」シャノンは興味深げに首をかしげた。

「電話をくれなかったら、君のお母さんの家の玄関に、欲望に駆られた男が突然現れるかもしれない」ケインは口元に笑みを浮かべ、その会話を締めくくった。

シャノンが自分の体の異変に気づいたのは、エレノアが大はしゃぎする中でクリスマスツリーを飾りつけてから三日後のことだった。

生理が来ない。もともとシャノンの生理の周期は狂いがちではあったが、自分の体になんらかの変化が起きているのを彼女は感じ取っていた。

翌日、パニックに近い状態で、シャノンは昼休みを利用してこっそり近くの薬局に行った。たった一度——二人が避妊をせずに愛し合ったのはたった一度だ。そして、シャノンの計算では、あのときは妊娠が可能な期間ではなかった。

シャノンは妊娠検査薬を買い、ひそかにオフィスに持ち帰った。ケインは打ち合わせに出ているらしく姿が見えなかったので、彼女はほっとした。そして、胃が引きつるような不安をかかえたまま、仕事が終わるのをひたすら待った。五時になると彼女はデスクを整え、すぐに家路についた。

袋から妊娠検査薬を取り出したとき、シャノンはここ数週間、幸せのあまりあえて無視してきた現実の闇の部分を突きつけられたような気がした。どんなに私がケイン・リンドレーを愛していても、その愛は一方通行だ。なにかで読んだことがあるが、男性は激しい情熱に駆られているときでさえ心にもない愛の言葉を口にするだけで、それ以外ではひたすらだんまりを決めこむものだという。ケインは私を求め、私に欲望を抱き、私と一緒にいることに幸せを感じている。そして、ためらうことなくそれを口にする。でも、愛についてはどうだろうか?

エレノアが階下で宿題をしている間、シャノンは静かなバスルームで運命の瞬間が訪れるのをじっと待っていた。やはり、彼女は妊娠していた。検査薬に浮かんだくっきりしたブルーのラインは見間違えようもなかった。

それは予想外のことだった。確かにシャノンは妊娠検査薬を買い、うすうす妊娠に気づいていているふりをしてはいた。だが、決定的なブルーのラインを目の当たりにしたとき、彼女は今まで自分が本当に妊娠しているとは思ってはいなかったのだと実感した。

ショックにかわり、吐き気がこみあげてきた。この突発的な事態を知ったら、ケインはなんと言うだろう? 彼にとってはなんの束縛もない、軽い気持ちの情事にすぎなかったはずだ。しかし、妊娠したとなると、二人の関係は単なる細い紐でつながれたものではなく、太いロープでしっかりと結びつけられたものになってしまう。シャノンはケインの反応を想像しようとしたが、できなかった。彼はきっと責任を取りたがるだろう。結婚しようとさえ言い出すかもしれない。こんな事情から仕方なく結婚に踏み切ると考えると、シャノンはぞっとした。この家にいては、きちんと筋道立ててものを考えることができない。彼に妊娠を打ち明ける前に、計画を練る時間が必要だ。

時刻はまだ六時をまわっていない。少なくとも、あと一時間はケインは戻ってこないだろう。

シャノンは受話器を取り、震える指でキャリーに電話をかけた。キャリーは急に助けを求められてあまり喜んではいないようだった。そのあとシャノンは階下に下り、大切な家族の用事ができて出かけなければならなくなったとエレノアに説明した。そして、背中でそっと指をクロスさせながら、キャリーが今、こちらに向かっているからと告げた。

エレノアはシャノンの話を聞いて言った。「気分でも悪いの？　顔色がよくないみたい。まさか、あなたが病気になったわけじゃないでしょう？」

「違うわ！　もちろん違うわよ！　ただ……」シャノンは口の中でぶつぶつ言った。「実は、母がちょっと怪我《けが》をしたみたいなの。掃除機をかけていて足首をひねったらしいわ。ころんでしまったんですって……その、掃除機につまずいて」

エレノアはシャノンの説明に当惑したようすだったが、それ以上問いつめはしなかった。

「パパにはなんて伝えればいいの？」

「私から電話するわ。だから、あとで私から連絡があるだろうとだけパパに伝えておいてちょうだい」

9

シャノンはベッドに横たわったまま、天井をじっと見つめていた。この三日間、ずっとこんなふうに過ごしている。〝なんでもないわ、お母さん〟としか答えない彼女に、母親もいったいなにがあったのか尋ねるのはあきらめたらしい。さらにありがたいことに、〝すてきな恋人〟は元気かしら、と尋ねることもなくなった。いつまでアイルランドにいるつもりなのかという問いにさえ曖昧《あいまい》な返事しかしない娘のことを案じているのは確かだが、不安は胸の内にしまいこんでいるらしい。

母親が心配していることくらい、シャノンもよくわかっていた。だが、詳しい事情を知れば、母はますます心配するだろう。娘が妊娠していることや、その子供の父親がだれであるか知れたら怪物呼ばわりされるに違いない〝すてきな恋人〟のこと、そして、もうこれ以上は続けられないであろうロンドンでの仕事のことを知ったら。

深々とため息をつくと、シャノンは再び涙がこみあげるのを感じた。家族の前でいつも明るくふるまう必要がなかったら、ずっと泣き暮らしていただろう。彼女はいまだにこの先どうするか、決心がつかずにいた。

ロンドンに戻るのは論外だ。もちろん、ケインにはこの状況を伝えなくてはならない。だが、そのあとのことを考えるとあまりに恐ろしく、シャノンは急いで打ち明ける必要はないと自分に言い聞かせていた。まず最初に仕事を見つけ、それからどこか住む場所をさがそう。そのあとで、既成事実としてケインにすべてを伝えればいい。しかし、妊娠している女性を歓迎して迎え入れてくれる雇主などいるだろうか。相当に疑わしいと、シャノンは思った。となると、自立はむずかしいかもしれない。彼女のため息はやがて絶望のうめきに変わった。

階下で母親が呼んでいるのに気づき、シャノンは心地よいベッドから起き出して戸口から叫んだ。

「すぐに行くわ、お母さん！　今ちょうど……寝室の掃除をしていたところよ！」シャノンはまわりを見まわしてあわてた。ベッドは乱れているし、文句を言いながらこの部屋を追い出されていった弟の服も彼女自身の服も、散らかったままだ。

「さあ、早く下りていらっしゃい！」

声は徐々に近づいてくる。母のことだ、すぐにここまでやってきて私を連れていこうとするだろう。シャノンはしぶしぶ階段を下り、だるい体を引きずってキッチンの方に歩いていった。一家が集まってテレビを見る小さな部屋の前を通り過ぎようとしたとき、中から弟たちの騒ぐ声が聞こえた。弟は暇さえあれば友達と一緒に奇妙なゲームをして遊んでいる。

「あなたにお客様よ」シャノンの母親が片手に麺棒《めんぼう》、もう片手にボウルを持って日の前に現れた。

「だれ？」夕方六時半に自分を訪ねてくる客など、シャノンは心当たりがなかった。家族を除いては、私がここに帰ってきているのを知っている者はいないはずだ。

「まさか、また寝ていたんじゃないでしょうね？」母親に疑わしげに尋ねられ、シャノンは頬を染めた。

「そんなはずないでしょう。それより、お客様ってだれなの？　私は気分がすぐれないと伝えてもらえないかしら？」ただボールのようにまるくなって隠れていたいときに、愛想よくふるまわなければならないのはつらかった。

「そんな意地悪をするなら自分でおやりなさい、シャノン」母親がそう言って大股で歩きはじめたので、シャノンはみじめにあとをついていった。「それから、言わせてもらうけど、まるでこの世の終わりみたいに深刻な顔をして家の中を歩きまわるのはやめてちょうだい。ほら、笑ってごらんなさい、ダーリン！」

シャノンは無理やり顔をゆがめた。

「いいでしょう。十分ではないけど、さっきよりましだわ」

暗い笑みを浮かべたままキッチンのドアを開けたとたん、シャノンは凍りついた。足はそれ以上一歩も前に進まず、心臓がとまりそうになった。

「あなたのお客様よ」母親は意気揚々と紹介した。きっと母は私が大喜びすると思ったに違いない。シャノンは半分麻痺《まひ》した頭で考えた。ということは、名前を口に出すのも気が進まない〝すてきな恋人〟は、私を追ってはるばるロンドンからアイルランドにやってきたのだろうか?

ケインは紅茶のカップを片手に持って長いキッチンテーブルの端に腰かけていた。反対側の端では、母親がパイ生地をこねている。なんて家庭的でくつろいだ雰囲気だろう。黒いジーンズに厚手の黒のセーターという格好のケインは、完全にリラックスしているようだった。

「まあ、こんばんはの挨拶《あいさつ》もしないの?」パイ生地をこねる手をとめ、母親はシャノンに意味ありげな視線を投げかけた。

「あの、こんばんは」シャノンは戸口でためらいながら言った。罪悪感からか、無意識のうちに両手をおなかに当てそうになったが、彼女はその手を固く握り締めて背中にまわした。「元気にしていた?」

「ああ」ついにケインが口を開いた。彼の顔を見るだけでも十分つらいのに、彼の低い声を聞くなんて耐えられないとシャノンは思った。

「お茶でも飲んだら、ダーリン？」母親が言ったのでシャノンは重い足取りでキッチンに入り、蟹《かに》のように壁沿いを歩いてやかんに近寄った。

「それで、どうしてあなたはここにいるの？」

「君のお母さんがどんな具合かと思って、見に来たのさ」

「私がどんな具合かですって？」

真っ赤になったシャノンを見つめたまま、ケインはゆっくりと言った。「聞いたところによると、あなたは掃除機につまずいて足首をひねられたそうですね」

嘘《うそ》がキッチンの壁にはね返り、完璧《かんぺき》な沈黙の中に沈んでいった。

「それなら」シャノンは咳払《せきばら》いをした。「ごらんのとおり、母は元気よ」

「どういうこと？」ローズが尋ねた。生地をこねる手を完全にとめ、刺すように鋭い視線でシャノンをじっと見ている。「足首をひねったとか、掃除機だとか、いったいなんの話かしら？　シャノン、こっちを向きなさい。あなたは嘘をついたの？」

「それは……まあ」ちょうどそのとき、やかんが勢いよく吹き出した。シャノンは良心の呵責《かしゃく》を覚えつつ、ゆっくり時間をかけて紅茶をいれた。二人の視線を背中に痛いほど感じた。

「君には嘘をつくという悪い癖があるようだね、レッド？」

さっと振り返ったシャノンは、ケインがすぐそばに立っているのに気づいた。まるで復《ふく》讐《しゅう》を企《たくら》む悪魔のように見える。シャノンは彼に向かって叫びたかった。あっちに戻って座ってちょうだい。あなたの香りが届かないところまで離れてほしいの。

「あなたはここに来るべきじゃなかったのよ」シャノンは震える声でつぶやいた。

「こそこそ逃げまわる君を、僕がほうっておくわけないだろう？　僕は君にいいことをしてあげたのさ、レッド。君の顔にはくっきりと罪悪感が浮かんでいる。もし僕が現れなかったら、君はずっとその罪悪感をかかえたまま生きていかなくてはならなかったんだ」

「私は罪悪感なんて感じてないわ！」

そのとき、雷のように騒がしい物音をたてて少年たちがキッチンに入ってきた。おかげでシャノンは、詳しい説明をしなくてはならない状況からつかのま逃れることができた。

「ああ、こんばんは」ブライアンは好奇心をむき出しにしてケインを見た。「お母さん、おやつはまだ？　僕たち腹ぺこだよ」ブライアンの友達三人も一緒にキッチンにやってきて、なにか食べ物がないかとあたりを見まわしている。「おまけにコンピューターまで壊れちゃったんだ。ところで、こちらのお客さんは？」ブライアンが尋ねた。

「ケイン・リンドレーだ」ケインはおかしな格好をした十四歳の少年たちを愉快そうに見た。「君のお姉さんの雇主だよ」

「姉はいつロンドンに戻るんですか？　僕の部屋に居座って困ってるんです」

「やめてよ、ブライアン。私は自分の部屋にいるだけでしょう」

「あそこはもう姉さんの部屋じゃないさ」

ブライアンの仲間たちが大声をあげ、うるさく騒ぎたてた。もしケインが立ちあがってコンピューターをみてあげようと言わなかったら、彼らの悪ふざけがいつまで続いたかわかったものではなかった。

四人はまた騒がしくキッチンから出ていった。そのあとに続こうとしたケインは、一瞬立ちどまってシャノンに言った。「お母さんと二人きりで話したいだろう？　説明しなくてはならないことがいくつもあるだろうからね」

「さあ、話して」キッチンのドアが閉まるなり、シャノンの母親が促した。

「どうしてケインはここに来たのかしら？」

「あなたがなにも言わずに姿を消してしまったから、なにがあったのかようすを見に来たと言っていたわ」

「大騒ぎするほどのことでもないのに、わざわざこんなところまで追いかけてくるなんて！　どのみち私は休暇をとる予定だったのよ！　いちいち行動を監視されるようなことになるなら、ロンドンになんか引っ越さなければよかったわ」

「あなたはなんの説明もなくいなくなってしまったと、彼は言ってたわ。私が掃除機につまずいて足首をひねったというばかばかしい言い訳を別にすればね。なにか私に相談したいことでもあったの？　うろうろするのはやめてお座りなさい、シャノン。座って私に話してごらんなさい」

母親はチキンにパイ生地をかぶせ、オーブンに入れた。そして、粉だらけの手をエプロンでふいて腰を下ろした。

「この前、電話で話したときは、幸せそうな声だったじゃないの。あれから一週間の間になにがあったの？」

「なにもないわ。私はただ……ちょっと一人になりたかっただけよ」

「それでわざわざ飛行機に乗って、静けさとは無縁の、象のように騒々しく歩きまわる弟たちのいる家に戻ってきたわけね。私をだますつもりなら、もっとましな嘘をついてちょうだい、シャノン」

「きっとホームシックにかかったんだと思うわ」シャノンは言った。今こそ母親にすべてを話すときだと思ったが、どうしてもできなかった。「ロンドンにいるとなんだか寂しくなってしまうの」事実からあまり離れすぎないように、シャノンは入念に話を作りあげた。「とくにクリスマスの時期はね。だって、ここで家族全員で過ごすクリスマスは格別なんだもの。だから急に家が恋しくなってしまったんだと思うわ」

「だったらどうしてケインにそう言わなかったの？　あなたが病気だと思ってこんなところまで駆けつけてきてくれたなんて、気の毒でしょう？」

「彼は私が病気だと思っていたの？」シャノンは不安げに尋ねた。「彼がそう言ったの？

私が病気だって？」

ケインはなにか気づいたのだろうか。シャノンは不安になったが、そんなはずはないと思い直した。男性の頭には妊娠の可能性など思い浮かばないだろう。それに、ロンドンにいる間はなんの兆候もなかった。突然吐き気を催したり、妙なものを食べたいと言った覚えもない。体重が増えはじめる前に妊娠に気づいたことも、結局ピルを服用しなかったことも、本当に幸運だった。そう思うと、シャノンは安堵《あんど》のあまり体が震えた。妊娠がわかった瞬間から、彼女は自分の体の中に赤ん坊がいるという事実を受け入れた。そのとき感じたのは、失望でもなく希望がくじかれたという思いでもなかった。奇妙なことに、愛情をそそぐ対象を手に入れたことがうれしくて、天にも昇る心地だった。大切にいつくしむことのできる子供を、生涯愛しつづけるであろうたった一人の男性との永遠の思い出を授かったのだから。

「詳しいことは話さなかったけれど、ケインはとても心配しているみたいだったわ」

「こっちに来てから、ケインにはきちんと連絡を入れたのよ」シャノンは事実を述べた。ケインが仕事に出かけている時間を見はからい、留守番電話にメッセージを残しておいたのだ。今は取りこんでいるから、クリスマスが終わったら連絡すると。「彼はいつロンドンに帰るか言っていた？」

「なにも言ってなかったわ。それに、そんなことをきいたら失礼よ。せっかくあなたのために来てくれたのに、私たちが彼を歓迎していないと思われたら困るもの」

「いずれにしても、泊まっていくことはないでしょうね。エレノアもいるんだし」

「それなら彼に尋ねてみたら？」

「僕になにを尋ねるんです？」

例によって、ケインはなんの前触れもなく再びキッチンに姿を現した。ノックすらせずに！　洗練された紳士としてのマナーも、しょせんそんなものだ。母もそのことに気づいただろうか。シャノンがそう思って母親を見ると、彼女はにっこりほほえんでいた。まったく、ケインはどうすれば人の心を引きつけることができるかを知り尽くしているのだ！

「あなたがいつまでここにいるのか、シャノンが知りたがっているの」母親は正直に言った。「ダブリンの郊外にオープンした新しいイタリアンレストランに、あなたを連れていきたいんですって」

「彼女が？」ケインはつぶやき、シャノンに意味ありげな視線を向けてほほえんだ。「ちょうどよかったよ、シャノン。僕は今夜ホテルに泊まるつもりでいるから、食事に連れ出してもらえるのはありがたい」

「あの……私は……」シャノンは口ごもった。

「わかってるわ」母親はシャノンの手を軽くたたいて言った。「どうやってあのレストランに行こうかと考えているんでしょう。それなら私の車を使うといいわ。ちょっと古いけれど」

母親はケインに向かって説明した。「でも、ちゃんと走るし、とても役に立つのよ。それに、この時期のタクシーは予約を入れておかないとほとんどつかまらないわ。もちろんあなたは着替えなくてはだめよ、シャノン。そんな格好じゃ見苦しいもの。困った人ね、そんな色あせたジーンズやぶかぶかのセーターを着て家の中を歩きまわっているんだから」母親はとがめるように舌打ちした。「さあ、さっさと二階に行って支度をしていらっしゃい」

そういうわけで、シャノンは仕方なく二階に向かった。途中で足をとめてようすをうかがうと、ブライアンがシャノンに親指を立てていた。どうやらコンピューターが直ったらしい。

「あの人、すごくかっこいいね」ブライアンの友達のロナンが意味ありげにウインクしてみせた。「前にあなたがつき合っていた男よりずっといいよ」

「ありがとう、ロナン」シャノンは怖い顔をして言った。「でも、未成年者の意見をききたいときは、ちゃんとそう言うわ」

三十分後、シャノンが再び階下へ下りると、ケインと母親は居間に落ち着いてアルバムを見ていた。

「僕が無理を言ったんだ」ケインは立ちあがり、悪びれたようすもなくほほえんでシャノいたんだよ」

ンの辛辣《しんらつ》な視線を受けとめた。「君のお母さんに頼みこんで、思い出をたどってもらって

「頼まれるまでもなかったわ！」

「なんてすてきな時間の過ごし方かしら」シャノンはしかめっ面をして言った。彼女は長袖《そで》の黒いウールのワンピースに着替えていた。古いものだが、アイロンをかけずに着られる服はこれくらいしかなかったのだ。彼女の服はブライアンによって乱暴にトランクに詰めこまれ、寝室の片隅に置かれていた。

「おまけにとても有益な時間の過ごし方でもある」ケインはそう言ってシャノンに近づき、彼女がコートをはおるのを手伝った。

シャノンは声をひそめて苦々しげにつぶやいた。「とくに、あなたみたいに人のことを詮索《せんさく》するのが好きな人にとってはね」

ケインはシャノンの耳元でささやいた。「意地悪をして僕から逃れようとしてもむだだよ。僕はねばり強い男なんだ。それくらい、君はとっくに知っていると思ったが」

二十分後に二人が到着したとき、レストランはちょうどいい具合ににぎわっていた。雪になりそうな天候のせいか、テーブルがぎっしり埋まっていることもなく、二人は店の奥の方の席に案内された。ロンドンのレストランのように洗練されてはいないが、打ち解け

た雰囲気の店だ。

「さて、レッド」ワインとミネラルウォーターを注文したあと、ケインが切り出した。「僕がいなくて寂しかったんじゃないのかい？　少しやつれたみたいだな。僕に恋い焦がれていたんだろう？」

最初にそんな質問をされるとは、シャノンは予想もしていなかった。これまでケインにブレーキをかけていた母親の存在がなくなったのだから、彼はすぐさま非難めいた態度に出るだろうと思っていたのだ。それにどう対処すべきか、シャノンは車の中でもずっと考えをめぐらせていた。

「まさか、あなたがいなくて私が寂しい思いをしているかどうか確かめるために、わざわざアイルランドまで飛んできたわけじゃないでしょう」

「本当にそうだとは思わないのかい？」

「ええ、もちろん」シャノンは見ていたメニューをばたんと閉じ、膝の上で手を組んだ。「私はスープとカネロニをいただくわ。あなたは？」

心を乱す話題から会話をそらそうとするシャノンの弱々しい試みを無視し、ケインは言った。「なぜだい？　君が突然姿を消したことが、僕の人生を傷つけたとは思わないのかい？」

「傷ついたのはあなたの自尊心でしょう」シャノンは言った。「確かに、私はあんなふうに逃げ出すべきではなかったかもしれない。とても失礼な行動だったと思うわ。でも、なんて言ったらいいのか、急におじけづいてしまったのよ。とにかくあなたにはちゃんと留守番電話にメッセージを残しておいたわ。それは聞いてくれた？」

「ああ、聞いたよ。あまり感心するものではなかったがね」

「私から連絡すると言ったでしょう？」シャノンは言ったが、ケインが黙ったままなので早口で続けた。「直接話すべきだったのかもしれないけど、あのときはそんなことを考えつきもしなかったのよ。ただ、とにかく逃げ出さなくてはと思って……」

「だったらなぜ、お母さんがつまずいて足首を怪我《けが》しただなんてエレノアに嘘をついたんだ？」

「私とあなたが恋人同士だなんて、エレノアに言えるはずないでしょう？」その言葉を口にしたとたん、シャノンは頬がかっと熱くなったが、ありがたいことにちょうどウエーターがこちらに向かってくるのが見えた。

二人が注文をすませ、ワインとミネラルウォーターがつがれるまで、ケインは礼儀正しく沈黙を守っていた。

「顔が赤くなっているよ」ケインは穏やかに言った。「二人が愛し合ったときのことを思い出すと、君は今でも興奮を覚えるのかい？　僕に触れられたときのことを思い出して肌がうずくんだろう？」

「なぜそんな質問をするの？」シャノンは顔がますます赤くなるのを感じた。「さっさと本題に入ったら？　あなたが私に腹を立てているのはわかっているわ」

「僕が君に腹を立てているように見えるかい？」

シャノンはちらりとケインの顔を見た。そうは見えないが、怒っているに決まっている。というよりも、ケインが腹を立てていることを彼女は願っていた。そのほうがずっと、私の人生がややこしくならずにすむ。

「家に戻って君がいなくなっていたとき、僕がどんな気持ちになったかわかるかい？　エレノアは動揺していたよ。わけがわからずにね。お母さんの足の具合を見にアイルランドまで戻らなくてはならないと君が言ったとき、あの子は信じてなどいなかったんだ。たった八歳だけど、子供というのは言外の意味を鋭く感じ取るものだからね」

「ええ、そうね。それについては悪かったと思ってるわ」急速にふくれあがった罪悪感に、シャノンは圧倒されそうになった。「でも、ほかの説明は思いつかなかったの」人を疑うことを知らないエレノアの表情を思い出し、シャノンは耐えがたいほど胸が痛んだ。「あのときは、まともにものが考えられなくなっていて……」

「どうしてだい？」ケインは目を細めて即座に口をはさんだ。「僕にはそこが理解できないんだ。なぜ君が急に逃げ出さなくてはならないと思ったのかが。僕たちと一緒にいても幸せではないなら、なぜパニックに陥って家を飛び出したりせずに、翌日の朝まで僕を待たなかったんだ?」

「衝動的に行動してしまう人だっているでしょう」シャノンはやけになって叫んだが、ケインと視線を合わすことはできなかった。「だれもがよく考えたうえで道理をわきまえた行動をとるとは限らないわ! 後先のことを考えず、思いつくままに行動してしまう人だっているのよ! あなたの家を飛び出したのは、あなたと私が不つり合いで、まったく共通点がないからだわ。なに一つね!」

「僕たちの共通点はたくさんあると思うが」

「私はセックスの話をしているんじゃないわ!」シャノンはすばやく反撃した。

「僕だってそうさ!」ケインは身を乗り出し、無理やりシャノンと目を合わせた。「泥棒のように、夜こっそり逃げ出してしまうなんて、エレノアと僕は君にとってその程度の意味しか持っていなかったというのか! 君は臆病者《おくびょうもの》だ」

怒りのあまり興奮してケインの言葉に答えようとしたとき、ウエーターが最初の料理を運んできた。シャノンは思いがけない助けに飛びつくように、ものすごい勢いで料理を食べはじめた。

「君はなにも問題はないというふりをするつもりなんだね、レッド? いいだろう。では、洗練された大人のようにふるまおうじゃないか。しばらくは礼儀正しい会話でも交わそう」ケインは楽しくもなさそうに笑った。「アイルランドに帰った気分はどうだい?」

最悪の場面は切り抜けたわ。シャノンは自分にそう言い聞かせ、これからのことについて考えようとした。しかし、ケインが妊娠のことを知ったらどう反応するかと思うと、どうしてもそこで思考がとまってしまう。事情をきくためにアイルランドに来ただけなのに、自分が父親になると聞かされたら、ケインはいったいどうするだろう？　やはり事実を明かすのはもっとあとにしたほうがいいと、シャノンは思った。ケインのためにも。

「こっちに戻ってからはなにをしていたんだい？　あちこち外出していたのかい？」彼の声は奇妙なくらい抑揚がなく、顔には注意深い表情が浮かんだままだった。

「たまにはね」シャノンは曖昧に言った。「最近どうも……疲れやすくて。だから家にいることが多かったわ」

「疲れやすい？」

「眠いだけよ」シャノンはあわてて言った。体調にかかわる話題は、どんなものでも避けたほうがいい。「きっと気候のせいだわ。冬になると、私はなんだか冬眠してしまいたい気分になるの。エレノアはキャリーがみてくれているの？」

ケインはうなずいて椅子にもたれ、メインの料理が目の前に並べられるのを見ていた。グリルした鯛《たい》に野菜が添えられている。外で食事をするとき、ケインはいつも魚を頼む。そんな小さな事実にシャノンは懐かしさを覚えた。この先、ふとしたときに顔を出すであろう彼の思い出が、どれだけ私の記憶に残っているだろうか？

「明日の朝には帰るんでしょう?」

「昼ごろに出発しようと思っている。君はいつロンドンに戻るつもりなんだい? あるいは、そもそも戻るつもりはあるのかい?」

「それは……わからないわ」シャノンは弱々しく言った。

「僕のせいで君がロンドンに戻るのをやめてしまわないことを願ってるよ。なぜなら、僕たちの関係に終止符を打つ権利は君にあったんだから」

「私だって終わりにしたくなんかなかったわ」シャノンはうっかり口をすべらせた。そして、ケインがなにも言わずに彼女の言葉について考えこんでいるのを見て、思わず顔を赤らめた。

「そうか」ケインは穏やかに言った。「君も終わりにしたくなかったんだね?」

「ええ、でも……」シャノンはナイフとフォークをきちんと揃《そろ》えて置き、テーブルに肘をついて食べかけの料理を憂鬱《ゆううつ》そうに見おろした。「結局、私は恋愛には向いていないとわかったの。なんとかうまくこなせると思ったけど、無理だったわ。ロンドンに出ていったとき、私はきっと大人になりたかったのね。もうティーンエイジャーではないんだから。私みたいに大きな家族で育つとこんなふうになってしまうものなのよ。いつでも守ってくれる人がいるから、同じ年齢の子供たちに比べて早く大人になる必要がないの」

「あるいは、流れに身をまかせておくほうが楽なんだろう。自分で決断しなくとも、周囲の人がすべて決めてくれるからね。君にとってロンドンというのは衝撃的な場所だったろうね」

シャノンは肩をすくめた。「洗練された女性のようにふるまえると思っていたけど、私はこのとおり逃げ出してしまったわ」

「恋することを望んでいるんじゃないなら、君はいったいなにを望んでるんだい?」

「コーヒーかしら?」シャノンは神経質に笑った。

ケインは彼女の軽率な態度に怒ることもなく、カプチーノを二つ注文した。やがて、変わった形のチョコレートとビスケットが添えられたカプチーノが運ばれてきた。

「君はまだ僕の質問に答えていないよ」

「ちゃんと答えたわ」シャノンは椅子の上できまり悪そうに身じろぎした。そして、ふんわりした乳白色の泡をスプーンですくい、口に入れた。「なぜ私が逃げ出したのかは、さっき話したでしょう。私は自分が望んでいたような女性にはなれなかったのよ」

「よくわかるよ」ケインの口調はやさしかったが、それがかえってシャノンを不安にした。静かに座って君の気持ちは理解できるなんて言わずに、厳しい批判を浴びせてくれればいいのにと彼女は思った。

「よくわかるってどういう意味? あなたは私のことなんかなにも知らないくせに!」

「知ってるとも。僕は君以上に、君のことをよくわかっている」

「きっとそう言うと思ったわ」

「つまり、僕は意外性に欠けるってことかい?」ケインは静かに笑った。「だったら二人でそれを直さなくちゃならないな。そうだろう?」

シャノンの鼓動が興奮のあまり不規則になった。ケインはシャノンの手にそっと自分の手を重ね、親指でやさしく撫《な》でた。

「二人で?」気がつくと、シャノンは弱々しく尋ねていた。

「ああ、そうだ。どうして僕がはるばるここまでやってきたと思う?」ケインはコーヒーをすすり、目を細めてカップの縁ごしにシャノンを見た。カップを包みこむ彼女の両手は震えていた。

「私がなんの説明もなく姿を消したことに怒っているからでしょう?」

「それではまた傷ついた僕の自尊心の話に戻ってしまう。僕がここに来たのは、激しい怒りを覚えたからでも、自尊心を傷つけられたからでもない。君が僕を残して突然行ってしまったからさ。君が本来いるべき場所へ連れ戻すために、僕はここに来たんだ」

「あなたはさっきの私の話をまったく聞いてなかったのね!」

「一言ももらさず聞いていたよ、レッド。もちろん、君がまだ口にしていない例のせりふを、僕はいまだに待ちつづけているけれどね。君をおじけづかせたに違いないあのせりふを」

「私は……」シャノンは不愉快そうにケインを見た。「私は……あなたを愛しているわ、ケイン・リンドレー」

「ほら、そんなにむずかしくなかっただろう？」

「でも、やっぱり私はあなたの愛人になるためにロンドンへ戻るつもりはないわ」シャノンは激しい口調で言った。

「そんなことを頼むつもりはないさ。僕は、妻になってもらうために君を連れ戻しに来たんだから」

10

「あなたの妻？」シャノンは疑い深げにケインを見つめた。

「そのとおりだ」ケインは勘定書を持ってくるようウエーターに合図してから、シャノンにほほえみかけた。その笑顔を見て、不規則になっていたシャノンの鼓動がさらに速くなった。

「プロポーズには、必ず例のせりふがついているはずだと思うけど」

「それだけじゃないさ」ケインはいったん言葉を切り、クレジットカードの伝票にサインをした。それからテーブルごしに身を乗り出した。「だが、まずはそのせりふから始めよう。僕は君を愛している」

「そんなはずないわ。そうでしょう？　あなたは……本気なの？」シャノンは不安げにケインを見た。「だってあなたは結婚の約束はできないと言ったじゃないの。私たちの関係は、一生をともにすることを約束するような関係ではないと」

「あのときはそう思っていた」ケインはかぶりを振った。まるで事態が驚くべき変化をとげ、最初に計画していたことが変わってしまったとでも言いたげに。「だが」車に向かって歩きながら、ケインは続けた。「僕は間違っていた。心を使うより、頭を使って考えることに慣れてしまっていたんだ。とくに、前回の結婚は早まったものだったと気づいてからはね。衝動に駆られて行動すると、思わぬところで痛い目にあうものだと知ったから」

ケインはエンジンをかけたものの車は発進させず、助手席のシートに腕をまわしてシャノンをじっと見つめた。外では雪が舞いはじめている。道を行き交う人々は凍えるような寒さから身を守ろうと頭を垂れ、コートをしっかりつかんで足早に歩いていた。

「百パーセントの自信を持ってこれが正しいと思えないうちは、僕は結婚に踏み切るまいと考えていた。君に置き去りにされるまで、気づいていなかったんだ。自分が百パーセントの自信を持って、君との関係を続けていくのが正しいと思っていることにね。僕が毎朝アルフレッドの店に通っていた理由は君だと気づいていたかい?」

「私が?」

疑いのこもったシャノンの声を聞き、ケインは静かに笑った。「ある日、クライアントとの朝食を兼ねた会議に向かう途中、コーヒーを飲みながらファイルに目を通しておこうと思ってあの店に寄った。そうしたら、そこに君がいたんだ。赤い髪をして、かすかにいらだたしげな声で話す君が。コーヒーのおかわりを頼んだときの表情を見て、僕はこれから白熱した議論が始まるような気がした。結局、思ったほど仕事ははかどらなかったが、気がつくと僕は次の日も、その次の日も、毎日あの店に通っていた。決して便利な場所にあるとは言えないのに。一日が始まる前に君の顔を見るのが楽しみになっていたのさ。そのうちに、気がつくと君のことを考えるようになっていた。君は一日なにをして過ごすのだろう、どこへ行き、だれと会うのだろう、そして、ふだんはどんな生活を送っているんだろうとね」

「そんなことは一度も言わなかったじゃないの」

「僕自身、はっきりと気づいていなかったんだと思う。だが、君がガルウェイに向かって皿の上の料理を引っくり返したとき、僕は久しぶりに心の底から笑いたい気分になった」

「でも、あなたは笑わなかったわ」

「そう、笑わなかった。そのかわり、僕は君に仕事を提供した」シャノンの髪を指でやさしくうしろに撫《な》でつけ、ケインは彼女をそっと自分の方に向かせた。

彼の唇が自分の唇に重なったとき、シャノンは自分のいるべき場所はここだと実感した。私はこのたくましく力強い男性に完全に心を奪われているのだと。シャノンが返したキスには、揺るぎない信頼がこめられていた。

「それは僕の今までの人生で最高の決断だったと思う」ケインは再びキスをする前に、シャノンの唇に向かってつぶやいた。「傲慢《ごうまん》で卑劣なあの男に感謝しなくちゃならないな。君に近づく機会を与えてくれたんだから。もしあのとき君と彼の関係を知っていたら、僕はその場で彼を殺してやりたくなっただろう」

ケインはシャノンのコートの襟から手をすべりこませ、胸のふくらみをさぐり当てた。ウールのワンピースにおおわれているのに、ケインの熱い手が触れると彼女の胸はすぐに反応した。

シャノンは深く息を吸いこんだ。「ほかにもあなたに話さなくちゃならないことがあるの」彼女はぎこちない口調で言った。

「ほかにも？　永遠の愛を告白したというのに、まだほかに話すことがあるのかい？　いったいなんだろう？」

ケインがワンピースの胸元から左手をすべりこませて敏感な胸の先端を愛撫《あいぶ》したので、シャノンは思わず声をもらした。ケインの右手は彼女の脚の間にそっと押しつけられている。

「私は……」シャノンはこれから口にしようとしていることの重大さを必死に思い出そうとしたが、体は愚かにも脚を這《は》うケインの手のエロチックな動きにうっとりしていた。

「ひょっとして、君は妊娠しているのかい？」ケインは体を離し、シャノンの顔を自分の方に向けた。「それが僕に話さなくてはならないことなのかい？　僕の赤ん坊を身ごもっているというのが？」

シャノンは黙ってうなずいた。「今度はあなたが私のもとから去っていくんでしょう？

もっと早くあなたに話さなかったことを怒っているのね？　確かに私にはあなたを責めることはできないわ」シャノンは苦しげに叫んだ。「でも、私はどうすればよかったの？　妊娠がわかったときは、できるだけ早くあなたの前から逃げ出すことしか考えられなかった。どうか、逃げ出してもなんの解決にもならないなんて言わないでちょうだいね！」

「そんなことを言う必要はないさ。君自身、すでにいやというほど実感しているだろうからね。それから、君は僕が怒っていると思いこんでいるようだが、僕は君がいつ打ち明けてくれるかと思っていたよ」

シャノンは困惑したようにケインを見た。「あなたは気づいていたの？」

「そうじゃないかと思ってはいた」ケインはそっけなく答え、シャノンが黙ったままなのでさらに続けた。「ダーリン、僕だってばかではないから計算くらいはできる。一定の期間を過ぎても君に生理が来ていないことはわかっていたさ」

「どうしてなにも言わなかったの？」

「君の口から聞きたかったんだ」ケインは簡潔に言った。「君がいなくなったとき、僕はすぐにここまで追いかけてきて、そのことについて話し合おうと思った。だが、そんなことをすればどうなるかは予想がついた。きっと君はおじけづいた兎《うさぎ》のようにひるんでしまうだろうとね。もし僕が結婚を申しこんだとしても、君は僕が責任を取るためにそう言っているに違いないと誤解するに決まっている。だから僕は三日間耐えた。眠れない夜を過ごしながら、君に考える時間を与えるちょうどいい機会だと自分に言い聞かせてね。そしてやっと今、僕がどんなに愛しているかを君に伝えたんだ。ダーリン、君と一緒にいられないと思うだけで、僕は耐えられない気持ちになる。夜も昼もずっと君のそばにいたい。君が僕の赤ん坊を身ごもっているという事実は、ケーキの上にのった飾りのようなものさ」

「本当に？　私は夢を見ているのかしら？」

「もし君が夢を見ているのなら、僕だって夢を見ている。さあ、近くのホテルで一緒にすばらしい夢の続きを見ようじゃないか」

午前四時、何時間にもわたって愛し合ったせいでまだほてる体をかかえ、シャノンはこっそり家に忍びこんだ。まるで、親の命令にそむいた行為を見つかりはしまいかとびくびくしているティーンエイジャーのような気分だ。

あと数時間すれば、ケインがやってくる。そのときに事情を説明するのはすべて自分にまかせてくれるよう、シャノンは彼に約束してもらっていた。

「私たちがこの先どうするつもりか聞いたら、母は心臓麻痺《まひ》を起こすかもしれないわ」シャノンは言った。「母はあなたのことを、私の健康を一番に考えてくれるすばらしい男性だと信じきっているから」

午前十時、夢も見ないほど深い眠りから目覚めたシャノンは、ケインが約束をきちんと覚えていてくれますようにと祈った。

十時半、シャノンは急いで玄関に行ってドアを開け、警告するように眉を上げた。

「忘れないでね」彼女はささやいた。「すべて私にまかせてちょうだい」

ケインは魔術師が帽子から兎を取り出すようにおおげさなしぐさで、背中から大きな百《ゆ》合《り》の花束を差し出した。

「私に？」シャノンは輝くような笑みを浮かべた。

「実を言うと、君のお母さんになんだ」ケインがまじめな顔をして答えたので、シャノンは片手をうしろにやって含み笑いをした。

「おべっかを使ってるのね。とにかく弟たちだけは家から追い出しておいたわ。きっとあなたの気をちらしてしまうから」

「コンピューター好きの少年たちかい？」ケインはにっこりして、シャノンの唇に軽くキスをした。「おや、唇が少しはれているみたいだな。妊娠のせいかい？　それとも愛し合いすぎたせいかな？」

「黙って！」シャノンは声をあげて笑い、ケインを居間に引っぱっていった。

「お母さん！」

「まあ、ケイン。今ごろはもうイングランド行きの飛行機の中だと思ってたわ。こっちへ来てお座りなさいな。クリスマスの準備の合間に、ちょっと休憩をとっていたところなの」母親は隣の椅子を軽くたたき、ケインが差し出した花束に顔を赤らめた。「それで、あなたたちはゆうべすてきな時間を過ごしたんでしょう？」母親は娘に鋭い視線を向けた。「答えを聞くまでもないわね。午前三時を過ぎても帰ってこなかったんだから」

「どうしてそれを――？」

「子供を持つと、ぐっすり寝入ることはできないものなのよ、シャノン。あのレストランは一晩中営業しているのかしら？」

「それは……」シャノンがなすすべもなくケインをちらりと見ると、彼は穏やかにほほえんでいた。「私たち……お母さんに話したいことがあるの」シャノンは母親から花束を受け取ってコーヒーテーブルに置いた。そして腰を下ろすと、身を乗り出して膝の上に肘をついた。

「わかってるわ。それで、いつなの？」

「まだ日付までは決めてないわ」シャノンは信じられない思いであえぐように言った。

「知らなかったわ」母親は眉をひそめて言った。「出産日を自分で決めることができるなんて。私の知らないうちに科学はずいぶん進歩したのね」彼女はそう言って、娘の顔を見て笑い声をあげた。

「あなたがあわてて戻ってきたときから、妊娠していることには気づいていたわ。それに、あなたたちが一緒にいるところを見た瞬間、愛し合っているとわかったの。運命の人のために自分を大切に守りとおしなさいと説教したところでむだだったわね、シャノン。だって、あなたはもう運命の人に出会ってしまったんだもの。さあ、教えてちょうだい。編み物を仕上げてそれにぴったりの帽子をさがすのに、あとどれくらいの時間が残されているのかしら？」

エピローグ

「おまえは世界一すばらしい神の創造物だ」

シャノンはもの憂げにケインを見てほほえんだ。彼女の腕の中にいる三千七百グラムの女の子を、ケインがそっと抱きあげる。生まれたばかりの赤ん坊はかすかに体を動かし、きつく握った手を開いた。そして、喉を鳴らして父親の腕の中で再び眠りについた。

赤ん坊を抱いて狭い病室を一周する間、ケインはもろい陶磁器に触れているような気分だった。これが家族だ。エレノアとソフィー、シャノン、そして僕……。これ以上に大切なものはなにもない。

何年もの間、仕事こそがケインの気持ちを駆りたててくれる原動力だった。しかし、今は大部分の仕事を重役たちにまかせ、狂気じみたスケジュールを余裕のあるものにしていくのが当然のことに思えた。まもなくケインは家に戻り、初めて妹に対面するエレノアを迎えに行く。そして、シャノンが落ち着いたら家族揃《そろ》って田舎へ引っ越す予定だった。ロンドンはロンドンっ子たちにまかせておけばいい。じっと妻を見つめると、ケインの中にはあふれるばかりの感謝の念と愛情がこみあげた。

「母はどんなようすだった?」シャノンが尋ねた。

「とても神経質になっていたよ」ケインは皮肉っぽく答えた。「明日、全員を連れてこちらに来るそうだ。ソフィーを見せびらかすのに大忙しの一日になるだろうな。純白の結婚式を挙げることはできなかったが、きっとお母さんは喜んでくれるだろう」

「母にはこれからいくらでも、姉たちの純白の結婚式を挙げる機会があるわ。それに、母はこれ以上望むことはないと言っていたもの。家族だけで登記所へ行ったあと、ダブリンで一番大きなホテルでパーティを開いて……」

シャノンは目を閉じた。たとえあの場にすべての出来事をフィルムにおさめていたカメラマンがいなかったとしても、あの日の思い出は生涯私の記憶に残るだろう。ケインの妻として初めて彼に上品にキスをしたときの喜び、それを見た母がそっと目にハンカチを当てたこと、エレノアが感激して大はしゃぎしていたこと、そして、ダブリンでのパーティで友人や親戚《しんせき》が口々に祝福の言葉をかけてくれたこと。

ケインは赤ん坊をシャノンのもとにそっと戻し、ソフィーが身をくねらすのを幸せそうに見つめた。「さあ、レッド、エレノアが来る前に少し休んでおいたほうがいい」ケインは身をかがめ、シャノンの鼻先にキスをした。「あの子は君とソフィーに会えるのをとても楽しみにしているよ。もちろん君のご家族にもね」

「みんなエレノアをとても気に入っていたものね」

「そうだな、ミセス・リンドレー」

「ミセス・リンドレー」シャノンはその響きをゆっくりと味わい、ほほえんだ。夢がかなったことを信じられるまでには一生かかりそうだ。

「僕のミセス・リンドレー」ケインはシャノンの手を取ってキスをした。「君がいなかったら、僕は何者でもなくなってしまう」

「大丈夫よ」シャノンは穏やかに言った。「これからはずっと私があなたのそばにいるんだもの」

シャノンはうぶ毛におおわれた赤ん坊の頭にキスをしながら思いをはせた。これから長い年月をかけ、私たちの愛はさらに深まっていくだろう。心安らぐ、揺るぎないその愛の中に、私は永遠にとどまりつづけるのだ。

●本書は、2002年12月に小社より刊行された作品を文庫化したものです。

秘書の条件
2024年9月15日発行　第1刷

著　　者／キャシー・ウィリアムズ
訳　　者／本城　静（ほんじょう　しずか）
発 行 人／鈴木幸辰
発 行 所／株式会社ハーパーコリンズ・ジャパン
東京都千代田区大手町1-5-1
電話／04-2951-2000（注文）
0570-008091（読者サービス係）
印刷・製本／中央精版印刷株式会社
表紙写真／© Anna Ivanova | Dreamstime.com

ISBN978-4-596-71207-3

8月30日発売

ハーレクイン・シリーズ 9月5日刊

ハーレクイン・ロマンス　愛の激しさを知る

黄金の獅子は天使を望む　アマンダ・チネッリ／児玉みずうみ 訳

嵐の夜が授けた愛し子　ナタリー・アンダーソン／飯塚あい 訳
《純潔のシンデレラ》

裏切りのゆくえ　サラ・モーガン／木内重子 訳
《伝説の名作選》

愛を宿したウエイトレス　シャロン・ケンドリック／中村美穂 訳
《伝説の名作選》

ハーレクイン・イマージュ　ピュアな思いに満たされる

声なき王の秘密の世継ぎ　エイミー・ラッタン／松島なお子 訳

禁じられた結婚　スーザン・フォックス／飯田冊子 訳
《至福の名作選》

ハーレクイン・マスターピース　世界に愛された作家たち ～永久不滅の銘作コレクション～

伯爵夫人の条件　ペニー・ジョーダン／井上京子 訳
《特選ペニー・ジョーダン》

ハーレクイン・ヒストリカル・スペシャル　華やかなりし時代へ誘う

公爵の花嫁になれない家庭教師　エレノア・ウェブスター／深山ちひろ 訳

忘れられた婚約者　アニー・バロウズ／佐野　晶 訳

ハーレクイン・プレゼンツ作家シリーズ別冊　魅惑のテーマが光る極上セレクション

カサノヴァの素顔　ミランダ・リー／片山真紀 訳

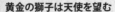

Harlequin Romance

ハーレクイン・ロマンス
3900記念号！

Harlequin 45th Anniversary

『世界一の大富豪はまだ愛を知らない』

リン・グレアム

サニーの姉夫妻が事故死し、
遺児パンジーの後見人ライが現れた。
世界一の大富豪で傲慢な彼に、
はからずも純潔を捧げて
サニーは妊娠。
愛することを知らない
彼の花嫁になる。

シンデレラは身ごもり、
王子様と結ばれる。
愛だけは与えてくれない、
世界一の大富豪と。

8/20刊

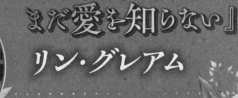

既刊作品

「未婚の母になっても」

リン・グレアム　　槙　由子　訳

病気の母の手術代を稼ぐため代理出産を引き受けたポリーだが、妊娠期間中に母を亡くす。傷心を癒してくれたのは謎の大富豪ラウル。しかし、彼こそが代理母の依頼主だった！

「汚れなき乙女の犠牲」

ジャクリーン・バード　　水月　遙　訳

まだ10代だったベスは、悪魔のようなイタリア人弁護士ダンテに人生を破滅させられる。しかも再会した彼に誘惑され、ダンテの子を身ごもってしまって…。

「涙は砂漠に捨てて」

メレディス・ウェバー　　三浦万里　訳

密かに産んだ息子が白血病に冒され、ネルは祈るような思いで元恋人カルを砂漠の国へ捜しに来た。幸いにも偶然会うことができたカルは、実は高貴な身分で…。

「大富豪の醜聞」

サラ・モーガン　　加納三由季　訳

ロマンチックな舞踏会でハンサムなギリシア大富豪アンゲロスと踊ったウエイトレスのシャンタル。夢心地で過ごした数日後、彼と再会するが、別人と間違われていた。

「心の花嫁」

レベッカ・ウインターズ　　新井ひろみ　訳

優しい恩師ミゲルを密かに愛してきたニッキー。彼の離婚後、想いを絶ち切るため、姿を消した。だが新たな人生を歩もうとしていた矢先にミゲルが現れ、動揺する！

既刊作品

「かわいい秘書にご用心」

ジル・シャルヴィス　　佐々木真澄　訳

父の死により多額の借金を抱えた元令嬢のケイトリン。世間知らずな彼女を秘書に雇ってくれたのは、セクシーだが頑固な仕事の鬼、会社社長のジョゼフだった。

「愛のいけにえ」

アン・ハンプソン　　平　敦子　訳

恋焦がれていたギリシア人富豪ポールが姉と婚約し、失望したテッサは家を出た。２年後、ポールが失明したと知るや、姉のふりをして彼に近づき、やがて妻になる。

「奪われた贈り物」

ミシェル・リード　　高田真紗子　訳

ジョアンナとイタリア人銀行頭取サンドロの結婚生活は今や破綻していた。同居していた妹の死で、抱えてしまった借金に困り果てた彼女は夫に助けを求め…。

「愛だけが見えなくて」

ルーシー・モンロー　　溝口彰子　訳

ギリシア人大富豪ディミトリに愛を捧げたのに。アレクサンドラが妊娠を告げると、別れを切り出されたばかりか、ほかの男と寝ていただろうと責められて…。

「幸せのそばに」

スーザン・フォックス　　大島ともこ　訳

不幸な事故で大怪我をし、妹を亡くしたコリーン。周囲の誤解から妹の子供たちにまで嫌われ絶望する。そんな彼女を救ったのは、子供たちの伯父ケイドだった。